姜葳

著

U0137710

钢琴名称的由来及其他

语言
与
文化随笔

上海教育出版社
SHANGHAI EDUCATIONAL
PUBLISHING HOUSE

序

　　笔者过去二十年在台湾教授语言学、英美文学等课程，之前写过三本有关英美文学、一本有关人类学的中文书，退休后受友人陈明哲敦促，将教授语言学时的一些想法写下，遂成此书。原计划写大约三十篇，结果想到哪写到哪，共写了七十篇，采中国传统的笔记条例文体，长者两页，短者仅一段落。

　　文章内容有些源于以往阅读，也有些源于自己体会，偏重笔者较有兴趣的"语言与文化"，以及"语言与文字"范畴。文内未必都有严谨的学术考据，只望为一般读者提供一些基本的语言学概念，激发一些想法，错误自是难免，愿识者指正。

　　之前的书在美国和中国台湾地区出版，这次尝试在中国大陆出版，承友人林舜之、袁璟侃俪介绍，由上海教育出版社出版，特此致谢！

姜葳

2021 年 11 月 23 日于美国加州

目录

语言基础管窥

谈喉部结构　/003

语言学与技击　/006

呕吐与呼吸　/008

"爸爸妈妈"　/009

"省力"还是"清楚"?　/010

谈口音　/013

为何有同音字?　/016

谈翻译　/018

语法的来源　/021

谈手语　/025

语言与文字　/028

中国文化与文字　/031

文言文是否过时?　/034

从词典的演进谈起　/037

词语拾遗（上）

"三明治"名称的由来　　/041

谈 breakfast　　/043

谈 doctor　　/044

谈 court　　/046

谈 game　　/047

谈 gymnaisum　　/048

谈 highway　　/049

谈 magic　　/050

谈 romance　　/052

谈 terrier　　/053

谈 Orient 与 Levant　　/054

谈 kind 与 gentle　　/055

谈 police 与 politeness　　/057

"钢琴"名称的由来　　/059

谈"田野"　　/062

"干哥哥"如何译为英语？　/064

谈英语取名　/066

词语拾遗（下）

谈破音字　/069

谈普通话的轻音　/072

谈"父"　/074

演讲、讲义、演义　/077

感知的比喻　/079

谈时间的比喻（一）　/082

谈时间的比喻（二）　/086

谈"恨"　/089

屁、屎、痢　/091

谈内外之别　/092

语言文化谈

夏威夷原住民语　/095

西非鼓语　/097

女书的社会面　/100

印欧语系和维京人的扩张　/103

基督教与语言学　/105

混合语和再生语　/108

谈语言对现象的分类　/111

迪尔巴尔语的文化分类　/114

谈颜色词　/117

谈沉默　/119

谈插嘴　/121

谈避讳与敬语　/122

中国人逻辑比西方人差?　/126

电脑说话　/129

语用与其他

名称重要吗?　/133

语言学的实用　/135

高明的话术　/137

嫁祸于人　/138

不好意思　/140

成功的广告　/142

想太多了　/144

谈礼貌　/146

以面试为例谈特定语境　/148

语言与社会地位　/150

语言与身份　/153

语言与阶级　/155

语言与性别　/157

语言与文化　/160

语言与文学　/165

语言基础管窥

谈喉部结构

　　人的喉部主要有呼吸和吞咽器官，说话靠吐气发声，所以喉部也是重要的发声器官。喉部呼吸和吞咽靠气管和食道，气管在前，食道在后，吞咽时会厌（喉部后方的软骨）盖住气管，避免食物进入气管噎到。

　　其他哺乳类动物喉部结构类似，也是气管在前，食道在后，但气管上部突出（好像潜水时蛙镜上突出水面的气管），食物由旁边绕过气管进入食道，不易噎住。人类婴儿出生后，头三个月时气管也突出，因此可以同时呼吸和进食，三个月后气管下降，较易噎到。这种现象看似不利生存，有违演化原则，一般对此的解释是，语言发声需要扩大喉部共鸣腔，因此喉部气管位置下降，语言对人的生存非常重要，值得冒噎到的风险。

　　有人可能会问，那当初喉部演化时，为何不是更合理的食道在前，气管在后，完全避免噎到的危险？这就牵涉演化的基本原则：只能根据既有条件演化，无法凭空创造。后来演化成陆地动物的鱼类，不需通过气管呼吸，其喉部结构已限制了以后演化的可能。推而广之，此原则也适用于文化演化，文化演化虽然快过基因演化，但仍然无法凭空移植其他文化的特点，只能依据自身文化原有条件逐步转变。例如法国大革命试图抹灭原有文化，重新创造新文化，并未成功。

　　顺便一提语言的另一特点：发声是由肺部吐气经过喉部、口腔或鼻腔出来，经过喉部若声带振动则为浊音。那吸气时能否发音？答案是可以，只要有气流经过，声带就能发音，与气流方向无关。但迄今尚未发现使用吸气入肺部发音的语言（有些语言利用口腔吸气发音，例如汉语的"啧啧"声，英语用 tsk，tsk 表示），可能是因为语言的省力原则：吐气靠肺组织的弹性自然收缩，毫不费力；吸气靠横膈膜下降与胸腔扩张，相对费力，若吸气时声带振动会增加阻力，更为耗力。多年抽烟的影响之一是肺气肿，就是肺组织失去弹性，必须依靠肌肉力量吐气，病人大半力气用于吐气，没有力气做其他事情。

语言学与技击

　　食道与气管在结构上有一差异，即食道在没有食物通过时是封闭的，食物一旦进入食道，则靠食道肌肉蠕动推进，所以倒立进食也可以将食物送入胃里。依据物理学伯努利定理（Bernoulli's principle），流体速度越快，压力越小，空气在气管中流动只会让气管紧缩。因此，气管周围有一圈圈的软骨将其撑开。若非如此，气流本身无法打开气管，所以气管无论何时都是张开的。据此，如果气管周围的软骨被捏碎，人就会窒息而死。电影里常见功夫好手击碎人喉部软骨的情节，即是一例。这也算语言学的实用知识。

呕吐与呼吸

　　口腔的主要功能是进食，气管的主要功能是呼吸，发声是口腔和气管的次要功能。发声依靠呼吸的气流，所以研究语言需要研究呼吸。

　　几乎人人都有呕吐的经历。如果你呕吐时注意观察，会发现这时无法呼吸，因为呕吐是反射动作，声带会自动紧闭，以防呕吐物从食道进入气管。任何东西进入气管都有害健康，呕吐物特别有害，其中的胃酸会严重破坏气管和肺组织，也因此演化出呕吐时声带紧闭的保护机制。通常呕吐完要等上几秒钟才能呼吸。喝醉的人若昏迷不醒，常会因为吸入呕吐物而窒息。

　　呕吐物里的胃酸也会伤害到牙齿，所以呕吐完要漱口，但牙齿受伤一般没有致命的危险。

"爸爸妈妈"

汉语称呼父母为"爸爸""妈妈",英语为 papa、mama,法语为 papa、maman,发音都很接近,其他许多语言也有类似现象。这是因为婴儿肌肉还在发育,而婴儿为了吸奶,最早成熟的肌肉之一是唇部肌肉。发音要靠口腔肌肉(包括唇部肌肉),用唇部肌肉最容易发出的子音(consonant)就是 /b/、/p/、/m/,口腔最容易发出的母音(vowel)是 /a/[①],合起来就是"爸爸""妈妈"。

[①] 子音,一般称"辅音",发音时气流在发音器官(喉、舌、齿、唇等)的某一部分受到一定阻碍形成的音,如汉语普通话中的 b/p/,d/t/ 等。母音,一般称为"元音",发音时声带振动,气流自由呼出,不受阻碍形成的音,如汉语普通话中的 ɑ/a/、o/o/、e/ɤ/ 等。

"省力"还是"清楚"?

　　在语音层面,语言最基本的两大原则是省力,清楚。而这两大原则彼此矛盾,语音则据此来回变化。

　　举例言之,台湾的年轻人说"为什么"的发音常常接近"卧磨",这样发音时省去了"为"的 ei(此处用汉语拼音标音,方便没学过语言学的读者)、"什"的 sh;"什"和"么"的 e 也转化为 o,省力许多。说话其实很费力,如果大家自我观察,会发现疲劳时说话较易口齿不清,或者不想说话,这在说外语时尤其明显。

　　再举一例,英语 you and me 说快了经常会接近"优恩密",and 的母音 /æ/(汉语拼音 ɑ 再稍微扁口)转为汉语拼音 e,and 尾部的 d 完全消失。若留意,会发现 and 在口语中常有此变化,这都是为了发音省力。

　　反之,语言本来就依靠不同语音来传递不同语义,若为了省力，发音简化过度，则无法清楚地传递讯息。例如，英语常将多音节词缩减为单音节词，veteran（退役军人）与 veterinarian（兽医）都习惯简称 vet，但其义不清，只能靠上下文分辨。

又如，古汉语常见单音节词，现代汉语则常见多音节词，有人以语音简化解释此现象：汉语语音演化的一重要原则是音节结构简化。接近古汉语的闽、粤方言音节结尾有 /p/、/t/、/k/ 等子音，汉语普通话音节结尾只有 /n/（前鼻音韵尾）和 /ŋ/（后鼻音韵尾）两个子音，因此，普通话同音字大量增加，例如：粤语"十"/sap/、"实"/sat/、"食"/sɪk/（ɪ 发音接近汉语拼音 i，口腔再稍微打开些）、"时"/si/ 发音接近中古汉语，但普通话发音都一样。这些人认为现代汉语演变成多音节词，就是为避免同音字语义混淆。语言学家赵元任曾写有趣文《施氏食狮史》以彰显普通话同音字之多，顺便附于文末。

在语义层面，也有"省力"相对于"清楚"的现象，例如成语，就是以少数词表达复杂语义，为了了解清楚，必须明白成语背后的故事来源。假如不知道来源，只看表面字义，就有可能误解误用成语。台湾过去三十年的教育改革大量减少中文教育，社会上对成语的解读出现分歧，例如"罄竹难书"，原先有负面意义，但从字面上看不出来，所以在台湾出现了不同解读。

　　知道了语言"省力"与"清楚"两大原则，许多语言现象都可据此解释。

　　附：

　　《施氏食狮史》："石室诗士施氏，嗜狮，誓食十狮，氏时时适市视狮，十时，适十狮适市，是时，适施氏适市，氏视是十狮，恃矢势，使是十狮逝世，氏拾是十狮尸，适石室，石室湿，氏使侍拭石室，石室拭，氏始试食十狮尸，食时，始识是十狮尸，实十石狮尸，试释是事。"

谈口音

学外语的一大难题是语音。

语法、语义可以通过理解、背诵学习，语音却靠灵敏的听力，靠发音器官的模仿能力。听力依靠天生，但模仿能力可以用意志控制，因此找到正确的模仿对象可以帮助学习外语发音。

根据研究，胎儿在母体怀孕后期已有听力，听觉神经会对较常听到的语音敏感，能够分辨其中细微的变化，而常听到的通常是父母家人的声音，也就是胎儿将来母语的声音。出生后头两三年牙牙学语，经历了语音学习、语法学习、语义学习等阶段，与学习外语无异，但一般人成年后不复记得此缓慢过程，只觉得讲说母语顺畅无比。这是因为脑神经经过长期锻炼，对母语的语音、语法、语义，都已形成稳固的脑神经通路，通俗讲，就是已形成稳固的习惯。

　　成长后学外语时，外语的少部分语音、语法甚至语义都有可能近似母语，但绝大部分必然不同。以美式英语为例，/b/（汉语拼音 b 加上声带振动）、/dʒ/（汉语拼音 j 加上声带震动和圆唇）、/æ/（汉语拼音 a 加上口腔稍闭）、/ɪ/（汉语拼音 i 加上口腔略开）等，皆非普通话所用。一般人会以母语相近之音替代外语之正确发音，例如以汉语拼音 j 代替英语 /dʒ/，把 John 念成汉语拼音 jiang；以汉语拼音 i 代替英语 /ɪ/，把 sit/sɪt/ 念成 seat /siːt/；等等。

　　除语音不同外，每种语言都有自身的组合规则，就是说哪个音和哪个音可以放在一起发音，哪个音和哪个音不能组合。例如普通话音节结尾可以是 /eɪ/（汉语拼音 ei），但后面若加上鼻音 /n/，前面就会由 /eɪ/ 转成 /e/，这就是为什么很多人念英语 name/neɪm/ 会念成 /nem/；更有甚者，普通话不能以 /m/ 作音节结尾，所以 name 会进一步由 /nem/ 转化为 /nen/，很多人自我介绍第一句就成了"My /nen/ is..."。

　　以母语相近之音替代外语之正确发音，以母语发音规则替代外语发音规则，口音由此形成，很多人这样做是因为觉得外语语音和发音规则不自然、别扭。觉得外语不自然理所当然，任何行为觉得"自然"是因为已在脑部形成稳定的神经通路，母语已有稳定神经通路，所以感觉自然。因此，学习外语时，就是要勉强自己重复觉得不自然的发音，等到习惯了，感到自然了，发音也就正确了。

　　总而言之，学习外语发音的步骤，第一步是找到正确的发音模仿对象，这在网络发达的今日应该不难；第二步是仔细听清楚正确的发音，把标准发音速度放慢有时可以帮助听清；第三步是找出应该使用的发音肌肉，模仿正确发音，每天早晚清楚练习至少十次，这样经过几个星期，就可以养成正确习惯，以后外语发音也会变得很"自然"。

为何有同音字？

　　语言的目的在沟通，但同音字混淆听觉，与语言沟通的目的背道而驰，那为何有同音字呢？原因有二：其一是同一个词演化出不同的词，其二是不同的词演化成同一语音。

　　以英语为例，先看同一个词演化出不同的词：flower 意为"花"，flour 意为"面粉"，两者发音相同，来源相同。"花"有"精华"之义，而欧洲古代视"精细面粉"为"面粉之精华"，所以由"花"衍生出"面粉"之义。

　　再看不同的词演化成同一语音：英语 right 意为"对""右"，write 意为"写"，两者如今发音相同，但right 古英语发音接近汉语拼音 rixite（略近"里希特"），而 write 古英语发音接近汉语拼音 ruite。

　　语音演化有其自身规律，短期内并不必然使得沟通更容易。不同的词演化成同一语音可以视为"省力"的现象之一，因为发音相同比较容易。

谈翻译

　　假如有外星人以植物的形态存在，那他们很可能没有我们所谓的语言，就算有，大概也不会有"房屋""桌""椅""口""鼻"等概念。要跟这些外星人沟通，翻译他们的语言，肯定会很困难。

　　相对而言，人类不同文化之间能够进行沟通、翻译，基本原因就是所有人类都属于同一物种，相似度极高。尽管某些概念还是不易翻译，例如中国文化的"童乩"概念，很难译成英语。又如，基督教有一概念"Jesus is the Word."（直译"耶稣是话语"，简言之，中世纪天主教认为耶稣传递上帝的话语，可视为上帝话语之化身），也很难简单译成汉语。但人类文化的差异只在细节上，相对来说，大同小异。

翻译的步骤也应先求大同，再讲小异，先求整体对应，再逐渐讲求细节。一般来说，翻译的大单位可以由段落开始，求"所译语言"与"译成语言"整段语意之对应；其次看句子，求整句语意之对应；最后看字词，求字词之对应。以段落言，语意分散于不同句子，"译成语言"每句语意不必与"所译语言"严谨对应，只需整体语意表达完整即可。同理适用于句子层次。此处列举两句为例。

其一：英语"Don't give up."，若照字词一一对应翻译会成为"不给上"，完全脱离原意，正确做法是把 give up 作为一片语[①]组合，译为"放弃"，加上前面的 don't，整句译为"别放弃"。

其二：英语成语"Every cloud has a silver lining."，若照字词一一对应翻译会成为"每朵云都有银色的边缘"，不知意所何指，正确翻译是"祸兮福所倚"（每件

———————————

① 片语，即短语（phrase）。

坏事都隐含好事)。

　　翻译历来有直译、意译之别，照以上所述，直译接近字词对应翻译，意译接近大单位翻译。好的翻译以意译为主，直译为辅，若不能兼顾，仍应遵循意译。

语法的来源

一般人出生后至四五岁都经由自然接触学习母语，自然吸收母语语法，无须特地学习。那人类在什么情况下才会有意识地总结出语法？通常是在不同语言长期接触，以至大批人需要学习非母语时。

中国历史上，不乏汉语与不同语言接触的案例。南北朝《颜氏家训》记载：

> 齐朝有一士大夫，尝谓吾曰："我有一儿，年已十七，颇晓书疏，教其鲜卑语及弹琵琶，稍欲通解，以此伏事公卿，无不宠爱，亦要事也。"

但历史未详述语言学习的过程，也未提到当时是否有语法书。

　　根据两河流域人类最早的楔形文字记载，我们知道苏美尔（Sumer）文明被讲不同语言的阿卡德（Akkadian）文明取代，后者继承了前者的文明，需要学习前者的语言，也因此有了语法的概念。这种情况与日本学习唐代文明、罗马学习希腊文明类似。

　　依据现存文献，最早有系统地探讨语法的，是古希腊。这可能有两个因素：其一，希腊语如同其他印欧语系①语言，名词、动词多语尾变化（inflection），自然导致对词性的分析。其二，古希腊文化好抽象思考，热衷探讨各种事务、理念。柏拉图的《克拉底鲁篇》（*Cratylus*）、亚里士多德的《论翻译》（拉丁语名 *De Interpretatione*）、斯多葛学派（Stoics）都讨论了名词的特性、词类、时态等。罗马帝国、欧洲中世纪都

---

① 语系（language family）是按语言演化关系分类出的最大语言系属，是一组派生自同一祖先的不同语言，其下还可进一步分出语族、语支等。印欧语系广泛分布于欧洲、亚洲、美洲、非洲等地区。下文提及的汉藏语系主要分布于中国、泰国、老挝、越南、缅甸、不丹、尼泊尔、印度等亚洲各地。

有学者继续分析语法。英国作为西方后起之秀，迟至1586 年才出现英语语法书《文法小册》(*Pamphlet for Grammar*)。

希腊语、拉丁语及其他欧洲诸语，同属印欧语系，语法类同，此语法分析系统随近代欧美文化霸权成为世界主流。16 世纪耶稣会士来到中国传教，此套概念随之而来，西方人以之分析汉语。西班牙人万济国（Francisco Varo）所著的《华语官话语法》(*Arte de la Lengua Mandarina*) 于 1703 年在欧洲出版；接着法国人马若瑟（Joseph Henri Marie de Prémare）1736 年所著的《汉语札记》(*Notitia Linguae Sinicae*) 也于 1831 年在欧洲出版。

中文最早的汉语语法书《马氏文通》出版于 19 世纪末，也是借用西方语法概念分析汉语。汉语属于汉藏语系，因此由印欧诸语言归纳总结出的西方语法并不全然适用于分析汉语。

西罗马帝国于 5 世纪左右衰亡后，拉丁语逐渐演化成南欧如今各种语言，但拉丁语仍然是各族知识分子沟通的共通语，也是天主教会使用的语言，因此西方中世纪与近代学者皆需学习拉丁语，其主要目的是读写，而非听讲，也因此西方传统语言学习的方式以书面翻译与背诵为主，待西风东渐，这也成了东方学习语言的方式。直到1950年代以后，因美国军事与情报需求，语言学习才开始强调听讲。

　　总之，我们一般接触的语法是西方经数百年由印欧诸语言归纳得出，继之套用于其他语言上。语言学习的方式也受到文化历史影响。

谈手语

　　众所周知，手语主要是聋哑人之间以手势沟通的语言。大多数聋哑人其实只聋不哑，但学习语言靠听力模仿，聋人无法模仿，所以就无法正常说话。各国手语虽然有互相影响，但也有各自的传承，并不相同。西方手语源于18世纪法国，后传至美国，台湾的手语曾受日本影响，与大陆不尽相同。职此之故，不同国家的聋哑人无法以手语沟通。例如，中国手语"树"是以两手大拇指、食指，围成圆圈，上下来回，表达树干。美国手语则是一手平摆胸前，另一手直立象征树干。

　　1960年代之前，语言学家大都将手语视为一般语言的衍生物，不加重视，1960年代之后才开始认真研究。现在语言学主流认为手语也是语言的一种，手语也有方言之分，也会随着时间变化，也能用以开玩笑，地位等同于一般语言。不过，一般语言通过口耳听觉相传，手语通过手眼视觉相传，在这点上，手语较接近文字。

　　因为婴儿手部肌肉的成熟早于用来发声的口腔肌肉，还未能说话前已经可以做出手势，所以有些教育学家主张父母用手语跟婴儿做简单沟通。美国 2004 年电影《拜见岳父大人 2》(*Meet the Fockers*) 里饰演岳父的罗伯特·德尼罗（Robert De Niro）就以手语问孙子是否要排便。

　　在美国文化中，聋哑人强调自己并非异常，而是另一种常态，因此对非聋哑人可能抱敌视态度。传统的聋哑人教育强调融入主流社会，因此注重以读唇能力代替听力，以触觉代替听觉来学习发音，但功效不佳。手语是聋哑人的自然沟通方式，但大部分非聋哑人不会手语。如果全世界聋哑人集中生活，自成一国，或许真正可以成为一个独立群体。但实际情况是聋哑人和非聋哑人混杂相处，双方无法避免密切来往，彼此若采敌视态度，殊非解决之道。

语言与文字

　　语言是人类的先天本能，对语言起源的时期有各种推测，早至一百万年前，晚至十五万年前。

　　文字是人类后天的发明，是文明（高度发展的文化）的特征之一。文字最早起源于约七千年前的两河流域。根据研究，最早的文字是记账符号，后来才演化出表达语言的功能。

　　语言是听觉沟通系统，文字是视觉沟通系统，两者差异显著。以前没有录音机、摄影机，语言发出后会立刻消失。相较之下，文字的记录媒介，不论是泥块、瓦片、树叶、木头，还是牛骨、龟甲、纸张，都可保持较久。以前没有电话，语言发出后至多传出几百米，而文字的记录媒介可以将文字传达到世界任何地方。文字传达信息的能力在时间、空间上都超越语言，这是文字与语言的最大不同。文明奠基于对大量人力的组织，需要大范围、长时间的通信能力，所以大多数文明需要文字。目前所知唯一例外是南美洲的印加文明，其以结绳记事表达文字的部分功能。

再者，语言一旦转换成文字，就可以利用视觉信号的特性，增加信息传递量。以汉语为例，第三人称单数，不论性别，发音都是汉语拼音 tā，但文字可以分化为男性"他"、女性"她"、神性"祂"、中性"它"、动物"牠"等，以视觉符号传递意义差别。

再举一例，英语 sign（象征、符号）和 signature（签名、标记）来自同一词根，但光从发音无法听出其来源相同，而从其文字表达可看出相同。这是因为文字演变比语言演变慢，所以文字保留了同源词早期语音的相似性。如果完全依照发音来拼字，会失去视觉系统额外传递的讯息，这也是几百年来不断有人试图改变英语拼字，却始终无法成功的原因之一。

语言也有文字无法替代的特点，就是语言当下的语境。缺乏语境就容易误解语言，即所谓"断章取义"。

孔子述而不作，苏格拉底也从未自己著书，原因之一都是不愿后人因为语境改变而误解他们的话语。孔子因材施教，苏格拉底应该也是，两人的教导能够传世，都是由弟子记载。

某些文字记录演变成后世的经典，例如《圣经》《论语》等，成了后人行为的依据，但后人的自然、人文环境可能与前人大不相同，这就需要《圣经》学者、儒家学者等对经典赋予新的解释，以适应新的环境。

总之，语言与文字是截然不同的信息传递系统，但文字表达了语言，使得两者产生密切关系，甚至被混为一谈，但在讨论语言时，仍应留意两者的差异。

中国文化与文字

秦始皇的文化遗产之一是"书同文",战国时期七国文字逐渐分化,秦始皇以小篆为标准统一全国文字,文字自此成为中华文化一个重要特征。

以西方语言学标准,语言不能互相沟通者为不同语言,能互相沟通者为同一种语言之方言。据此,英语、法语为不同语言,伦敦英语与美国南方英语为英语之方言。再者,西方以语言为文化族群、民族国家划分之重要标准,因此即使文化相近如西欧诸国,若语言不同,则视为不同文化族群、不同国家。

中国文化虽未明言,实则倾向以文字为准,即使语言无法沟通,使用同一文字则倾向视为同一文化族群,因此,历史上有使用汉字传统的中、日、韩、越南等同属汉字文化圈。

因为中国以文字、文化为划分标准，中国的七大方言（闽、粤、吴、客、湘、赣、官话）虽然大多无法沟通（湘、赣、官话之间或可沟通），但仍定义为方言，而非不同语言。若依西方语言学标准，中国境内语言可达数百种之多。

进而言之，以沟通论，中国历史上不同方言并未阻碍上层知识分子沟通，因为传统知识分子从小学习文言文，主要依靠文字沟通。拉丁语在西方中世纪起类似汉语文言文功用，方便西方不同语言的知识分子沟通。

从另一方面观察，语言也并非西方族群划分的绝对标准。众所周知，荷兰与德国语言相通，挪威与瑞典语言也相通，却划分为不同国家。反之，以巴黎法语为典范的标准法语，与法国南方的普罗旺斯语（Provencal，或称 Occitan）无法沟通，但仍视后者为方言。德国北方的标准德语与南方德语（High German）无法沟通，但也视后者为方言。这样以历史、文化区分语言与方言，类似中国的情况。

科学产生于文化，尤其是社会科学不可避免带有其原生文化之主观意识。西方文艺复兴后兴起的民族国家概念是以语言为族群国家区分之重要依据。相较之下，中国自秦汉以后，倾向以文字、文化区分族群，学习社会科学者若全盘接纳西方理论，自然会怀疑中国社会文化之合理性。

文言文是否过时?

　　语言学里有所谓双语制(diglossia),意指某一社会除了日常口语之外,还有一种通过书面学习、使用于高层次(经典文学、政令、学术探讨等)的语言。典型的例子如:欧洲的拉丁语相对于各国语言,荷马史诗的古典希腊语相对于日常希腊口语,7世纪《古兰经》的阿拉伯语相对于中东和北非各地的阿拉伯语,以及文言文相对于汉语日常口语。

　　从全球范围看,20世纪以来,双语制的高层语体由知识分子普遍使用,变为只有古典语文专家使用,上述四例中只有《古兰经》阿拉伯语例外。以文言文为例,近代新文学运动和白话文运动主张文学改良,以口语取代文言文。其实,若仔细观察口语即知,口语经常语句不完整、重复,写下的白话文往往经过修饰,绝非字面意思上的"我手写我口"，文言文与白话文皆经修饰，只不过修饰程度不同。虽然如此，直至今日文言文仍在退缩中，这一点迨无疑义。

语音、语义、语法都随时间演变，古代汉语与现代汉语差别巨大。相较之下，文字演变缓慢，汉代的隶书与现代的楷书相差无几，即使不理解文意，后人也基本能看懂前人之字。今天的白话文尽管相当于今天的口语，但几百年后的口语极可能与今天的白话文再次拉开距离，到时除非再来一次白话文运动，否则文字将再次脱离口语。因此，白话文运动有得有失，得的是书面语会贴近口语，易学易写，失的是后人可能将无法准确阅读理解前人的书面文献。

众所周知，学习英语的一大困难是部分拼字与发音没有必然关系，其主要原因就是拼字表达的常是早期的发音。英语历史上多次有人倡议文字改革，但始终未成功，原因之一正是这会对阅读前人文字造成困难，切断文化传承的脉络。

总而言之，口语与书面语的关系有两个策略：或者每数百年改革一次书面语，使其贴近口语；或者永远使用同一种高层的书面语，口语尽可不断演变，书面语却永远一样。后者的好处是后人永远可以阅读前人的著作，有利于文化传承；缺点是读者必须花很大精力学习这种与口语差异较大的书面语。

　　既然学习文言文可以相对地一劳永逸，那文言文怎么会过时呢？

从词典的演进谈起

一般来说，对母语词典的需求早于对母语语法的需求。语法最初出现是因为外人要学习本族母语，但本族的人对母语的掌握也参差不齐，遇到某些少见字或专用语就需要词典，所以最早的词典也仅限于解释字词，例如中国的《尔雅》和英国17世纪初罗伯特·考德里（Robert Cawdrey）的《字母排序词汇表》（*A Table Alphabeticall*）。

18世纪中叶，英国人塞缪尔·约翰逊（Samuel Johnson）出版《英语词典》（*A Dictionary of the English Language*），俗称《约翰逊词典》（*Johnson's Dictionary*），加注了语法词类，并且首创以文学例句说明字词用法，是英语词典的一大进展。

《约翰逊词典》直到20世纪初才为《牛津英语词

典》(*Oxford English Dictionary*) 取代,《牛津英语词典》又加上了音标、动词变化、词源、最早文献记录等内容,至今仍是最权威的英语词典。

随着电脑的发展,文献分析变得快速可行,因此现今的词典又多了"最常用一千字"之类的信息。

其实,一般词典没有明确分析的还有许多其他语言信息,例如:细微的语义差别,常和哪些其他词搭配,等等。这些信息通常可以通过背诵例句的方式获得,词典的例句常常是字词最典型的用法。当然,如果背诵好文章,获得的内容就更多,如该语言文化如何组织文章、如何表达思想等,所以背诵好文章是学习语言的不二法门。

词语拾遗

（上）

"三明治"名称的由来

　　大家可能都听过"三明治"英语名称的由来：18世纪英国贵族三明治伯爵（Earl of Sandwich）为了方便在牌桌上进餐，用面包夹肉，发明了三明治。Sandwich原本由sand（沙）和wich（古英语，意为"村落"）组成，原义是"沙村"，位于英格兰南方，是三明治伯爵的原封地。

　　汉语照读音将sandwich译为"三文治"，那怎么会成了"三明治"呢？根据笔者推测：其一，sandwich的wich部分本来没有鼻音，但"三"的鼻音延续到后面，使得wich成了"文"。其二，"文"开头是w，"明"开头是m，w、m都是唇音，彼此之间转换容易，所以"文"成了"明"。其三，可能"三明"发音接近"三民"，在实际社会中"三民"比"三文"更为常用，对民众来说也更顺口，故"三明治"遂逐渐取代了"三文治"。

谈 breakfast

很多人初学英语时可能都觉得奇怪："早餐"（breakfast）为何是"破坏-快"（break-fast）？这是因为fast 有另一个语义：斋戒。中世纪天主教主导欧洲文化，僧侣每日主餐在中午，日落时可能有晚餐，之后可能到日出才再进食，晚餐到早餐之间斋戒，早餐是"打破斋戒"，breakfast 即"开斋"。

法语"早餐"是 déjeuner，dé 表否定，jeuner 是"斋戒"，所以 déjeuner 也是"开斋"。

英语 dine 意为"进食"，名词 dinner 表"晚餐"，dine 与 déjeuner 同样源自拉丁语，基本语义都是"开斋"，所以英语"早餐"breakfast 与"晚餐"dinner 基本语义相同，差别在 breakfast 衍生自古英语，而 dinner 衍生自拉丁语 / 法语。

谈 doctor

　　当今中国教育体制源自西方，而西方教育体制源自欧洲中世纪天主教会与学徒制度之结合。中世纪学徒制度分几个等级：

　　最低是"学徒"（apprentice），通常吃住在老师家，给老师打杂，顺便学习手艺。

　　再高一级是"日工"（journeyman），已毕业出师，但尚未有功力、财力自己开店，只能每日出门帮人做活。journey 词根 journ 含"一日"之义，指一日所能走的路程。

　　再往上是"大匠"（master），有足够的功力、财力可以自己开店，客人上门求教。master 被现代教育制度借为"硕士"之称。

　　最高是"大师"（doctor），手艺达到可以指导众人的地步。doctor 源自拉丁语，意为"教人者"，此字被现代教育制度借为"博士"之称。

中世纪欧洲大学有四科，即神学、哲学、法学、医学，都有各自的硕士、博士，一般人最常接触的是医学博士，故 doctor 又发展出"医师"义，其主要语义也转为"医师"。

谈 court

　　英语 court 有多种语义："庭院""宫廷""法庭""求爱"，等等。此词来源于拉丁语，经法语传入英语，本义是"庭院"。西方古代王庭无定所，在某空旷庭院即可上朝，因此衍生出"宫廷"之义；国王兼具司法权力，因此衍生出"法庭"之义；朝臣常有溜须拍马等奉承之举，因此又衍生出"追求""求爱"之义。

　　court 有相关形容词 courteous、名词 courtesy，一般译为"礼貌"，可以理解为"朝中贵族的行为规则"。

谈 game

英语 game 有多种语义："游戏""猎物""热衷"，等等。

此词源于古日耳曼语，原义是"参与"，再衍生出"游戏"之义。贵族视狩猎为游戏，因此产生"打猎""猎物"之义。

英语"I'm game."意为"我热衷于参加""我很愿意参加"。

谈 gymnaisum

　　英语 gymnasium（意为"体育馆"）来自古希腊语 gumnos（意为"裸体"）。古希腊文化崇拜年轻男子的体魄和体力的展现，所以西方绘画、雕塑强调此点，奥林匹克运动会也根源于此。古代奥林匹克只许年轻男性参加，最早是裸体比赛。所以体育馆和裸体有关。

　　古希腊、古罗马只有贵族受教育（中国在孔子主张"有教无类"之前也类似），而且文武合一，因此罗马建筑如大浴场、图书馆、运动场等都在一起。东欧继承了这一概念，所以高中称为 gymnasium。若看到东欧学者履历中写着毕业于某 gymnasium，可别以为他是体育学院毕业的，贻笑大方。

谈 highway

英语 highway 一般译为"高速公路"，那 highway 中的 high（意为"高"）因何而来？是因为高速公路常有"高架路段"吗？还是因为"高速"？都不是（"高速"的英语是 fast，而非 high）。

highway 一词源自中世纪，high 语义由"高"衍生为"重要、主要"。highway 就是城与城之间主要的道路，准确翻译当为"干道"或"大道"。随着汽车普及，一些"干道"开始只允许高速行驶，highway 于是衍生出当代"高速公路"的语义。

英语有一词 highwayman，意为"在干道上拦路抢劫的盗匪"。商人、贵族都通行于干道，有财货可抢，故盗匪常于主路干道上抢劫。

谈 magic

　　英语 magic 一般译为"魔术"。此字源于 magus 的
复数 magi。magus 原指古波斯拜火教的教士，后来转指
欧洲古代研究星象、炼金术的学者。《圣经》中以之指
称观星象而知耶稣将诞生，于是前来朝拜的学者。这一
故事俗称"三王来朝"。

　　magus 的形容词就是 magic。

谈 romance

　　英语 romance 的语义为"南欧语言文化""浪漫"等。此词来源于拉丁语 Roma（罗马），最初指的是西罗马帝国衰亡后，南欧（伊比利亚半岛、法国南部、意大利、巴尔干半岛）继承的罗马语言文化，这些语言一般称为罗曼语。

　　此地区中世纪以罗曼语书写的传奇故事也称为romance。13 世纪后，欧洲宫廷受到罗马时期爱情文学影响，产生骑士仕女恋爱概念（courtly love），这些传奇故事也掺入爱情成分，romance 因此产生"浪漫"之义。

谈 terrier

　　如今狗的品种五花八门，其中一种是狷犬（terrier），特点是身材矮小、性情勇猛。狷犬最早由英国贵族培养，是一种会钻入树丛、地洞打猎的犬种。terrier 一词源于拉丁语 terra，意为"地面、土地"，因为 tcrrier 善于贴近地面行动。

　　terrier 后来演化为多种分支，包括雪纳瑞（schnauzer）、边境狷犬（border terrier）、约克夏狷犬（Yorkshire terrier）、苏格兰狷犬（Scottish terrier）、斗牛狷犬（bull terrier），等等。

谈 Orient 与 Levant

英语 Orient 泛指相对于欧洲的中东、亚洲等地。此词来自拉丁语，原义为"升起"，指太阳升起的东方。Orient 的反义词是 Occident，原义为"落下"，指太阳落下的西方。学校或公司为新进学生、人员介绍学校、公司环境也称 orientation，意为指明方向。

英语 Levant 源自法语，专指中东。此词原义也是"升起"，同样指太阳升起的东方，因为中东相对于法国而言在东方。

谈 kind 与 gentle

　　英语 kind（仁慈）与 gentle（温柔）语义相近，来源也类似。kind 来自古英语 kin（意为"天性""亲戚"），引申为对亲人的态度；德语相关的词 kind 意为"孩童"。gentle 来自拉丁语 gens（意为"氏族"），同样引申为对亲人的态度；相关的词 gene 意为"基因"，generate 意为"产生"。再往上溯源，kin 与 gens 都来自原始印欧语词根 gene（意为"生出"）。kind 与 gentle 若译为"可亲"，则接近其词根。

　　gentle 还有一相关英语单词 gentleman（绅士），一般解读是"举止有教养的人、上层阶级的人"。传统社会中上层阶级才能受到教育，举止才符合其文化所定义的"有教养"。

　　汉语"绅士"来自"缙绅之士"，意为官宦之人。

"缙"通"搢","搢"意为"插";"绅"是传统汉服的大腰带。以前官宦之人将上朝时手执的笏插入腰带,所以称为"缙绅"。

从 gentleman 和"绅士"的语源来看,西方文化中地位高则强调血统,中国文化中地位高则强调职能。

谈 police 与 politeness

　　警察与礼貌有关吗？有，没礼貌时警察就可能出现，从英语 police 和 politeness 两词的词源也可看出其关联。

　　近代西方警察制度源于 17 世纪后期法国国王路易十四治下的巴黎，英语 police（警察）一词即借自法语。police 词根来自希腊语 polis（城邦）。警察与城邦的关系，要从人类行为的社会规范说起。在采猎社会，族群主要由近亲组成。每一种文化都规范了父母、子女、兄弟、姊妹、伯叔、侄甥等之间应如何互动，采猎社会族群中人与人之间的行为即是依据亲属关系，大家都知道该如何应对进退。

　　农业革命后财富累积，阶级分化，城市兴起，不同采猎族群的人都进入城市共处，所以在城市里，除亲戚之外还会遇见许多陌生人，跟陌生人相处需要新的行为规范，这套新的规范就是 politeness（"礼貌"，词根同样来自 polis）；若出现冲突，需要有特殊人员处理，这些特殊人员就是 police（警察）。

英国现代警察制度由内政大臣罗伯特·皮尔（Robert Peel）于 19 世纪初建立，根据其姓名，英国警察也俗称 bobby（Robert 的昵称）或 peeler。

前面提到 politeness 也来自 polis。相较于 politeness，中文"礼貌"的文化来源有异。周公制礼作乐，"礼"是扩大了传统亲族组织形成的社会结构、尊卑秩序。"礼貌"就是依循此尊卑秩序表达言行，"礼物"就是依据此结构交换的物品。

人类社会文化的演化，既有共通性，例如农业革命后各文明都形成城市社会，都出现类似城市管理的组织；也有相异处，例如 politeness 强调在新场域面对陌生人的态度，而"礼貌"强调个人在社会整体结构中的位置。

"钢琴"名称的由来

大家都知道，"钢琴"英语叫 piano，此名称来自 18 世纪意大利新创的一种类似现在钢琴的乐器 forte-piano。forte-piano 意为"强弱"，因为此乐器可以用踏板来控制音量大小。

如今音乐术语"强"仍叫 forte，"弱"仍叫 piano，用强弱来表现声音的强度。乐器 forte-piano 后来简称为 piano，此字一般语义也由后起的"钢琴"取代了原先的"弱"。这体现了语言学一规律：一般语义决定于使用频率多寡，而非语义出现的早晚。

顺便一提，意大利语 piano 来自拉丁语 planus （意为"扁平"）。意大利语 /l/ 音在中世纪时转为 /j/（英语 y 音）。另一例为意大利城市佛罗伦萨（英语

Florence），其名源自罗马时期拉丁语名 Florentia，后转为今之意大利语 Firenze（一译"翡冷翠"）。西班牙语也有 /l/ 转 /j/ 之现象，如 calle（意为"街道"）发音近于汉语拼音 gaye。

谈"田野"

　　社会科学常用到"田野调查"一词，意指出外实地调查，但是调查地点可能是城市，也可能是工厂，而非田野。那为何称为"田野"呢？因为此一词汇直译自英语 fieldwork。fieldwork 最早出现于 18 世纪初的制图业，制图必须离开书房，离开实验室，实地去到荒郊野外，是名副其实的"田野调查"。

　　从翻译来说，fieldwork 比较准确的译法是"实地调查"或"出外调查"，但"田野调查"已经约定俗成，而文化，包括语言，最终就是习惯，不一定有显而易见的道理。例如英语 John，明明发音近于汉语拼音 jiang，但因为英语 John 来自拉丁语 Iohannes，早期基督教新教汉语《圣经》根据 Iohannes 发音译为"约翰"，所以一直使用至今。

　　顺便一提，田野调查是文化人类学主要的研究方法之一。一般情况下，研究者去到异文化中，主观感受自身母文化与异文化的互动［初期常称为"文化冲击"（culture shock）］，经由此互动经验，再客观地描述异文化。因为此主观成分、研究者个人因素，以及田野的时间、空间环境都会影响研究结果，所以有人说，人类学是介于较主观的文科与较客观的理科之间的学科。

"干哥哥"如何译为英语？

　　翻译是沟通两种不同的文化，假如其中一种文化有一个独特的概念，当然可以用整个段落来解释，但要简单翻译就会有困难，只能拿近似的概念来翻译。汉语"干哥哥"可以算是中国文化独特的概念，英语近似的概念有 blood brother、ritual brother、God brother 等，以下逐一讨论。

　　blood brother 直译是"血兄弟"，意思是原本无血亲关系的人，经过将血液混合的仪式，结拜成类似血亲的关系。在简单社会里，主要的社会关系就是血亲关系，若要与非血亲来往，缺乏适用的概念，因为简单社会没有同事、同学、乡亲等概念，所以最常用的方式有二：一是与对方结为姻亲，二是建立 blood brother 关系。

　　ritual brother 直译是"仪式兄弟"，意思是通过某种仪式形成的非血亲兄弟关系。广义上说，应包括 blood brother。

　　God brother 直译是"上帝兄弟"。西方文化以基督教为主，中世纪时父母会为新生儿安排一位成年人进行教义上的引导，称其为"教父"（God father），教父之子就可称为新生儿的 God brother。

　　blood brother、ritual brother、God brother 三者都无法表达"干哥哥"特有的中国文化韵味，只能勉强凑数。

谈英语取名

　　大家可能留意过，英语常见的名字不过二三十个，例如约翰（John）、保罗（Paul）、亚当（Adam）等，这是因为欧洲中世纪天主教的习俗，取名通常取自耶稣十二个门徒和天主教教会认可的圣人的名字，这些总数不多，所以名字常重复。

　　这种习惯近年来随着基督教在西方衰微而改变，不只西方人名字开始多样化，华人追随西风，取英文名时也逐渐脱离传统。但有些人自认取了个好名字，却不知此名字在英美文化中另有不雅含义，例如有人取名Easy，乍看语意甚佳，是"随和""平易"，却不知英语说"某人easy"意指"此人水性杨花，轻浮放荡"，所以取名虽然不必严守传统，但还是要谨慎。

词语拾遗

（下）

谈破音字

　　汉语有破音字[①]，有些源于同一词古音、今音读法不同，但很多来自词类的差异，例如"好"念第三声是形容词，意为"优良"，念第四声是动词，意为"喜欢"；"倒"念第三声是形容词，意为"（竖立的东西）横躺下来"，念第四声是动词，意为"倾泄"；"间"念第一声是名词，意为"分区"，念第四声是动词，意为"隔离"；"长"读 cháng 是形容词，意为"相距远"，读 zhǎng 是动词，意为"距离加大"；"了"读 liǎo 是动词，意为"结束"，读 le 是语助词，意为"已完成"；"将"念第一声是形容词，意为"未来"，念第四声是动

---

① 汉语中，改变一个字原本常见的读音以表示意义或词性的转变（通常是改变声调）的做法称为"破读"，这个字被称为"破音字"。

词，意为"率领"；"难"念第二声是形容词，意为"不易"，念第四声是名词，意为"灾祸"。诸如此类，不一而足。

英语有类似现象，例如 record，重音在前是名词，意为"记录"，重音在后是动词，意为"记录"（动词）；desert，重音在前是名词，意为"沙漠"，重音在后是动词，意为"抛弃"；refuse，重音在前是名词，意为"垃圾"，重音在后是动词，意为"拒绝"；present，重音在前是名词，意为"此刻（目前）"或"礼物"，重音在后是动词，意为"呈现"；close，后面子音是清音 /s/ 是形容词，意为"接近"，后面子音是浊音 /z/ 则是动词，意为"关闭"。

闪语族（Semitic group）包括阿拉伯语、希伯来语等，以三个子音（有时两个子音）表达某一相关语义，再以其中相夹之不同母音表达各词之细化差别，例如：阿拉伯语 k-t-b 子音群与"书写"有关，/kataba/ 是动词，意为"他书写"（过去式）；/katabat/ 也是动词，意为"她书写"（过去式）；/kitab/ 是名词，意为"书"（单

数）；/kutub/ 也是名词，意为"书"（复数）；/katib/ 也
是名词，意为"书写者"；等等。

　　总之，以相近之音表达互相之间有某些联系的意
思，是许多语言共有的特点，汉语的破音字是其中
一例。

谈普通话的轻音

　　笔者1983年在美国芝加哥留学，当时中国已开放赴美留学，因此碰到国内来的留学生，聊天时提起"解放军"，留学生笑说笔者发音不对，把"解放军"三个字都念成重音，正确发音是中间的"放"字念轻音。此后笔者开始注意轻音问题，发觉台湾的汉语教育虽然教了轻音，但实际使用时不常用到。

　　依照标准普通话，轻音与非轻音会产生语义的差别，例如："东西"如果两个字都念重音，意为"东边和西边"；如果"西"字念轻音，意为"物件"。再如"舌头"如果两个字都念重音，意为"舌的头部"；如果"头"字念轻音，意为"舌"。

　　英语有类似现象：white house如果两个字都念

重音，意为"白色的屋子"，而如果 house 念轻音，则意为"白宫"。在本书中《谈破音字》一文也列举多例。

由此观之，轻音可以算是破音字的一种。

谈"父"①

　　甲骨文"父"字是𠂇，像手里拿了一个东西。早年学者曾争论手里拿的是什么，有人说是木杖，有人说是火把，有人说是斧头，如今多数人同意是斧头。

　　中国早期文化融合东南西北各方族群，其中包括东南方向沿海扩散的族群，这些族群中的一支发展为澳大利亚原住民，因此我们可以借鉴澳大利亚原住民文化，包括澳大利亚北方约克岬半岛（Cape York Peninsula）伊伊荣特（Yir Yoront）族群的文化，以了解中国早期文化。

　　根据人类学研究，伊伊荣特文化直到19世纪晚期

---

① 　本文曾发表于2011年台中科技大学"文字、文学、文化国际学术研讨会"。

仍处于石器时代，主要工具是石斧。制作石斧的石头来自遥远的澳大利亚南方，通过男性交换伙伴的渠道取得，只有族里成年男性可以制作石斧，极为珍贵。石斧所有权归男性，男人用以打猎、造屋、制造其他工具、制造秘密礼器，女人和孩童要使用时（女性负责砍柴、生火，经常需要使用），必须向夫、父、兄等父系亲属借用。对伊伊荣特文化而言，石斧象征男性的地位和权力。

由此，我们可以推测"父""斧"两词来源相同，因此发音相近，学者认为两字古音近于 /pjwaɤ/（ɤ 发音接近汉语拼音g，但发音时气流不完全阻断）。

此外，"甫""黼""伯""霸""爸"也可能都源于同一词。"甫"有"大""男子美称"之义，"黼"意为"衣饰上斧形纹，象征高位"。许多中国方言里称父亲为"大"。这些词表达的文化概念可以归纳为地位高的男性长辈，以斧头为其象征。

"父""甫"如今在汉语表达里为"先生"一词所取代，"先生"原本的语义就是"出生较早的人"。原始社会里区分地位的重要方法，其一即是出生先后次序，因此有所谓"年龄群"的组织。"先生"至今也还是对男子的称呼。

英语里对应于"先生"的词是 sir。sir 原有"父亲"之义，观其动词 sire（意为"男人生子，成为父亲"）即可知。

所有人类都是同一种动物，因此所有人类社会文化都有基本的相似处，"先生"与 sir 是一例证。

演讲、讲义、演义

"演讲""讲义""演义"，三个双音节词用了"演""讲""义"三个字的不同组合，如果词汇（语言）表达文化概念，那这三者间应该有关联。

"演"意为"水漫开"，引申为"阐发、衍生"之义。

"讲"就是"说话"。

"义"意为"本我"，引申为"根本、合宜"之义。

则"演讲"意为"阐述说明"。

"讲义"意为"说明根本"，引申为"据以说明根本的文稿"，现在通常指老师为讲课编写的教材。

"演义"意为"阐发根本"，引申为"据以阐发根本的文稿"。我们熟知的《三国演义》《隋唐演义》《封神演义》等的初期文本，就是从前说书人据以说书的话本，后来有人整理编辑成如今看到的章回体小说，"演义"也成了古代长篇小说的一种体裁。"话本"与"演义"是同义词，"话"对应"演"，"本"对应"义"。

这三个词都出现于佛教东来之后，也经常见于佛教传播的记录，其后再转为世俗用语。

英语 proper 一词与汉语"义"对应，也有"根本、合宜"之义，可见语言文化有相通之处。

感知的比喻

汉语里有关"明白""知晓"等意思的词有"明、晓、醒、悟、觉、学、知、识"等，我们来探索其背后的文化概念。

"明、晓"都跟"光亮、天明"有关。"明"意为"日月之光"，"晓"意为"日出"。以之形成的复词词语有"明白""晓得"。

"悟、醒、觉"都跟"觉醒"有关。"悟"意为"觉"，"醒"意为"由醉返觉"。以之形成的复词词语有"体悟、清醒、觉得"。

"学"本义为"幼儿学习"。

人这种动物，感知以视觉为主，所以感知的比喻多用视觉。人类习惯昼间活动，需要光亮才看得清楚，所以此类比喻又跟明亮有关。

　　"知"本义是"儿童读书"。以之形成的复词词语有"知道"。

　　"识"本义可能是"戈矛上的旗帜、标帜",古人军队以旗帜区分敌我,是重要的认知手段。以之形成的复词词语有"识得"。

　　英语也常以光明与视觉比喻感知,例如 shed light on(照亮→阐明),enlighten(照耀→启明),see(看见→明白),dawn upon(黎明降临→醒悟),bright(明亮→聪明),等等,因为以光亮感知是人类的通性。

　　也有以听觉比喻感知,例如"闻",佛经里就常出现"如是我闻"。于味觉、嗅觉,有"品味""闻到某种气息"等感知比喻。

　　比喻人感知能力强,可以说"聪明""醒目"(粤语)①,都与视觉、听觉有关。

---

① 粤语中"醒目"为聪明、机灵之义,有些地方可以单说"醒"。

谈时间的比喻（一）

　　语言经常利用具体事物来比喻抽象概念，例如"爱情像花朵""生命如朝露"等。不同文化概念相异，比喻也不尽相同，但许多文化都用空间的概念来比喻时间，而且此类比喻往往有线性流向。美国语言学家乔治·莱考夫（George Lakoff）研究英语中的比喻，认为英语的时间比喻，有时是人沿着时间之路前进，有时是人伫立于一点，时间流由身边经过，我们可以以此考察汉语的时间比喻。

　　我们分析汉语里"从前、以前、以后、后来、将来、未来、前天、前途、明天、后天、当天、现在、目前、此刻、早上、中午、下午、晚上、半夜、下半夜、上古、上次、上辈子、做下去"等时间比喻，可以做以下推论：

如莱考夫所说，时间是一个流动的线条，而人与时间流有以下的关系：

- "从前、以前、以后、后来、前天、后天"都是时间流由这个人背后向这个人面前移动，尚未发生的在背后，已经发生的在面前。

- "将来、未来"也显示时间流往这个人立足处而来，但没有明言这个人是否面对那个方向。

- "前途"则显示尚未发生的在这个人面前，已经发生的在他背后。

- "上古、上次、上辈子、做下去"显示以前在上，以后在下。

- "早上、中午、下午"，时间流由上到下。

- "晚上、半夜、下半夜"，夜晚自成一段，时间流仍然由上到下。

关于第一点"尚未发生的在背后，已经发生的在面前"，美国人类学家霍伊特·艾佛生（Hoyt Alverson）认为是因为中国文化注重传统，但华裔美国语言学家俞宁认为"以前"不是指人面向过去，而是指人伫立时，对时间流本身而言的前端，所以人还是面向未来。

　　关于第四点"以前在上，以后在下"，俞宁认为汉语时间流没有上下之分，因为身体平躺时，头顶就是上，脚底就是下。但笔者觉得有更简单的解释：时间流仍然有上下之分，只不过是以斜线由高处往低处流，如此就无须区分人体平躺或是直立。

　　另外，"此刻"的"刻"指的是某种计时仪器的刻度，也是以空间比喻时间。"当天"的"当"是当前，就是在眼前；"现在"的"现"是出现，也是在眼前的意思，两者都与"目前"同义，所以眼睛看得到的就是现在。

　　"明天"以天明比喻第二天。湘南土话称"明天"为 $/t^h\mathrm{ə}\mathrm{ŋ}^{11}\ \mathrm{nə}\mathrm{ŋ}^{11}/$，近似汉语拼音 tengneng，写成汉字应该是"天燃"。"明天（天明）"和"天燃"都先以视觉明暗的转变比喻一特定时间，即"天明"；再以这段特定时间指称其后具有相同视觉特性的整段时间，即"明天"。湘南土话还以"燃烧"比喻天亮，比普通话更准确，因为"燃烧"兼具光与热，更符合天亮时的感受。

结合以上看来，汉语以空间比喻时间，时间流从后方高处流向我们，到了我们立足点是现在，然后流向我们前方低处；或者说，我们在时间的道路上，由高处向前方低处走。

不同的文化有时比喻相差很远，有时完全一样，例如英语的"明天"tomorrow 就是 to-morrow"去到-早上"，与普通话的比喻类似。

谈时间的比喻（二）

　　"时间"一词经常与"空间"并用。《正中形音义综合大字典》将"间"定义为两扇门扉之间的缝隙，显然是空间概念，那"时间"一词最早的文字记录是什么时候出现的？

　　"时间"最早见于《汉书》卷三十九《曹参传》："窋既洗沐归，时间，自从其所谏参。"不过此处"时间"意为"过了一些时候"。

　　我们目前熟悉的"时间"义项最晚于旧传宋人所作的《新编五代史平话·汉史平话卷上》中就已出现："刘知远又挨身去厮共博钱，不多时间，被那六个秀才一齐赢了。"

　　若将"时""间"分开搜寻，则早在《尚书·周书·立政》中就有"时则勿有间之"，《论语·里仁》也有"君子无终食之间违仁，造次必于是，颠沛必于是"。这两例都是以"间"喻"时"。据此，汉语至迟于公元前5世纪即以空间比喻时间。这些例子也显示，汉语和许多其他语言一样，都借用空间来比喻时间。

谈"恨"①

　　语言表现文化，而同一文化概念在语言上会有众多相关的词，这些词乍看无关，但若仔细观察，都可以追索到背后的文化概念。

　　兹举一例，笔者1988年在湖南省江永县研究女书，发现当地的湘南土话有一个有趣的现象：湘南土话"恨"字（读音类似"海"），意为"怜惜"，和普通话常见的"怨怼"义正好相反。后来笔者学习粤语，又发现粤语的"恨"（读音接近普通话的"恨"），语义是"非常想要"，因此开始思索此三者之关系。

　　湘南土话、粤语、普通话表现的都是中国文化的分支，三者的"恨"都应来自同一文化概念，而且此概念

---

① 本文曾在《台中技术学院学报》2006年第7期刊载。

还应产生其他相关词语，因此笔者寻找其他与"恨"有关的词，以建立其背后的文化概念。据此，笔者联想到"恨铁不成钢""月如无恨月常圆"等用语。"恨铁不成钢"的"恨"也隐含"非常想要"的意思；"月如无恨月常圆"则暗示"恨"的反面是"圆"。由此，做出假设：中国文化有一概念，事情圆满是"圆"，若"不圆"，即会产生"恨"，而"恨"可以包括对"不圆"的"怨怼"和"怜惜"，以及对"圆"的"非常想要"等种种情绪。

　　相较之下，英语的 hate（"恨"的一般英译）则全无"怜惜""非常想要"的意思，可见中国文化中这个"恨"的概念于英语文化中极不明显。

屁、屎、痢

日常生活中，指责人胡说会说"放屁"，屁是身体排出的废物，所以意思是对方说的是没有价值的话。英语中说人胡说会说"bullshit"（意为"牛屎"），道理相同，"牛"大概指其分量大。当然，近年来有研究证明屎也能用来治病，并非全无用处，不过那是题外话。湖南南方的湘南土话说人胡说会说"放血放痢"（用汉语拼音发音近似 bangxubangla），严重到拉出血来。从汉语较为客气的"放屁"，到英语的 bullshit，再到湘南土话的"放血放痢"，充分显示出乡土文化的直率。

谈内外之别

　　中国传统文化强调内外之别，男主外、女主内，所以妻子称先生为"外子"，先生称妻子为"内人"。内外之别也以"堂""表"体现，"堂"是里面，"表"是外面。在父系社会，父系亲族是"堂"（堂哥、堂姊），是内部的自己人，非父系亲族是"表"（表哥、表姊），也是"外"（外公、外婆），相对而言是外人。

　　女性因为主内，又是由外而嫁入先生的父系亲族，类似客人，所以称为"堂客"。

　　"堂"不只是在内，而且在上，所以要"登堂入室"，妻子和丈夫离异称为"下堂"。

　　"婊子"指妓女，原义是"外面的女人"。

语言文化谈

夏威夷原住民语

　　如果去过夏威夷旅行，参观过夏威夷原住民的王宫，会发现夏威夷原住民的人名如 Kamehameha，或地名如 Aahoaka、Heiheiahulu，不但很长，而且重复的音节很多。这是因为夏威夷原住民语使用的子音只有八个。相较之下，普通话有二十二个子音，英语有二十四个子音。

　　更重要的是，夏威夷原住民语的音节结构是最简单的，只有一个子音（可有可无）加上一个母音或双母音。相较之下，普通话音节结构也偏简单，只有一个子音（可有可无）加上一个母音或双母音（介音加母音），再加上鼻音 /n/ 或 /ŋ/（可有可无）。英语的音节结构就相当复杂，前面可以有三个子音，中间一个母音或双母音，后面可以再加上三个子音。

　　夏威夷原住民语用少数子音和极简的音节结构，组成的音节数目必然有限。在此情况下，要增加词语的数目，路径之一便是串联许多音节，而且常会重复相同的音节。所以夏威夷原住民语的单个词语音节数目多，重复的音节也多。

西非鼓语

西方人学汉语，困难之一是汉语的声调，许多笑话由此而生，例如将"水饺"说成"睡觉"，这是因为西方语言只有片语和句子有语调，却没有单一字词的声调。

从世界各种语言来说，可分为声调语言（tone language）和非声调语言（non-tone language），前者可以依靠词的声调表达完全不同的语义。声调语言又分为"音域声调语言"和"轮廓声调语言"。

"音域声调语言"的声调只有平行的高低区分，没有上下滑动，这种语言多在非洲西部，如乌干达（Uganda）的隆阳克雷班图（Runyankore Bantu）语，举例如下：

/ʒèn　　ù/（ʒ 发音接近汉语拼音 r，加上圆唇）

低音　　低音（房屋）

/ʒěn　　ù/

中音　　低音（白发）

/à　　kèj　　kò/

低音　　低音　　低音（小木勺）

/à　　kéj　　kò/

低音　　高音　　低音（小铲子）

　　"轮廓声调语言"有声调高低之间的滑动，典型例子就是汉语，普通话第二声就是从低音域滑向高音域，第四声从高音域滑向低音域。

　　西非族群利用其音域声调语言，发明了鼓语。以鼓声发出不同高低音，模仿惯用语词的声调，可以远距离传递简单讯息。汉语没有类似发明，原因之一可能是利用器物发出大声的曲折调较为困难。

女书的社会面

　　湖南江永有一种特殊的文字"女书"，其特殊在于主要为女性所使用。目前所知，女书开始使用时间最晚为 19 世纪后期，到 1960 年代，女书没落。女书的字型源自汉字之简省，再大量使用同音字，基本上属于音节文字，就是一字型代表一音节，与日语平假名、片假名类似。

　　女书可能由受过汉字教育的农家妇女自创，她再以之教导其他未曾受教的女性亲戚、好友。女书表达的语言是湘南当地的方言湘南土话，与普通话有相当大的差异，无法直接沟通。

　　女书写作文体大致上是七言韵文，据推测是模仿乡下说书人的文体。其内容则多半叙述妇女间情谊，哀叹命运多舛，或记述民间故事。

有人将女书称为秘密语言，其实不确。传统社会，男人若有受教育机会，只会学习汉字，不会去学女性的事物。

从早先对社会地位的认知来看，有一个有趣的排比：

性别的地位：男人高，女人低；

文字的地位：汉字高，女书低；

文章内容的地位：汉字表达的政令、历史、哲学等内容高，女书表达的私人感情、通俗文学等内容低；

地位低的性别，使用地位低的文字，记述地位低的内容。

古今中外除了女书，只有日本、韩国初创本国文字时出现过男女使用不同文字的现象。当时，日、韩都是地位高的男性用地位高的汉字，记述地位高的政令、历史、哲学等内容；地位低的女性用地位低的新创文字，记述地位低的私人信件、通俗文学（一般认为日本著名的《源氏物语》原来是以平假名写成，即是一例）。新创文字随着日、韩民族主义的发展，地位上升，逐渐取代汉字地位，男女复归使用同一文字。女书情况也类似，当女性受教育普及后，男女也都使用汉字。

据此看来，同一社会男女使用不同文字是短暂的过渡现象。

印欧语系和维京人的扩张

印欧语系（Indo-European languages）是世界上分布最广的语系，使用者包括欧洲、伊朗和印度北部的族群。一般认为其发源地在黑海、里海之间，大约在公元前2000年，该地居民发明了马匹拉车的技术，这种最早的战车所向无敌，因此他们得以向四面八方扩张。

北欧的维京人（Vikings）也是使用印欧语系的族群，从公元8世纪到14世纪往东、西、南三个方向扩张（北边太冷），到了今日的俄罗斯、格陵兰、法国诺曼底和西西里岛定居，也到过加拿大，但没定居。一般认为当时全球气候暖化，农作物收获增加，人口增长。北欧文化当时是幼子继承家产，其他兄长必须自寻出路，在人口增加时只得向外发展。维京人扩张的另一特征是往往放弃自己原先的北欧语言，使用移居地（法国、俄国）的语言。

　　这两个例子显示，技术、气候、社会制度（文化）都是语言变化的重要因素。

基督教与语言学

语言学的发展与基督教关系密切。众所周知，西方文化的一大转捩点是 16 世纪初的宗教改革。中世纪天主教会会士学习拉丁语，阅读《圣经》，再以口语传播教义于一般会众。由马丁·路德（Martin Luther）而起的新教各派，否定教会的权威，认为一般人必须自行阅读《圣经》，直接与上帝沟通，而要阅读《圣经》就必须识字，因此一般人必须受教育；此外，为方便各国人民阅读《圣经》，《圣经》必须翻译成各国文字，例如德文《圣经》即是马丁·路德自己的译文。此前，天主教会严格限制《圣经》只以希伯来语、希腊语、拉丁语呈现。可见，西方普及教育和翻译皆与宗教改革息息相关。

新教兴起后，为传播其教义，广派传教士赴世界各地学习当地语言，并将《圣经》译为当地语言。闽南话最早的罗马字拼音，即是新教长老教会 19 世纪在闽南所创。语言学习与翻译必然牵涉语音、语法、语义的探讨，因此传教促进了现代语言学的发展。美国重要的语言学研究机构暑期语言学院（Summer Institute of Linguistics，简称 SIL，起名于早期在夏季开设语言学课程）即是基督教为传教需要开办，其网站"民族语"（Ethnologue）在语言学界广为人知。

　　一个相关的有趣现象是，若干传教士学习了亚、非、美原住民的语言文化后，对教义会产生新的理解。例如，美国传教士丹尼尔·埃弗里特（Daniel Everett）于 1977 年深入南美亚马孙丛林研究皮拉罕（Pirahā）族的语言与文化，2008 年出版了记录其研究的《别睡，这里有蛇》（*Don't Sleep, There are Snakes*）一书，对语言学理论有重大影响。皮拉罕语，如同许多南美原住民语言，规定动词语尾必须表达所陈述内容的信息来源：亲眼所见、听人转述或推论而得。这种语言让听者易于确认语言内容是否客观真实。埃弗里特不仅未能说服皮拉罕人信仰基督教，最后自己也脱离了教会。

　　科学研究也根植于文化。数理化等理科受文化影响较小，社会科学受影响较多，文科与文化关系最密切，语言学介于理科与文科之间。更有甚者，语言学的研究工具与研究对象都是语言，极易彼此干扰，不易保持客观严谨。

混合语和再生语

　　混合语（pidgin，有人音译为"皮钦语"）是指西方
15 世纪至 17 世纪地理大发现时，在亚、非、美三洲遇
到当地原住民，为贸易需要，混合欧洲和原住民语言产
生的语言。通常是以原住民语言的语法，搭配欧洲语言
的词汇组成，而且语音、语法、语义都倾向简化。以巴
布亚新几内亚混合语为例：

- 英语 dog（狗）的发音变成 dok，浊音 /g/ 简化为
  较易发的 /k/；dust（灰尘）的发音变成 dos，母
  音 /ʌ/（接近汉语拼音 e）简化为较易发音的 /ɔ/
  （接近汉语拼音 o），t 省略。

- 英语第三人称单数"他"，阴阳性，主格、受格、
  所有格的 he，she，him，her，his 全部简化为 /i/
  （接近汉语拼音 i，由 he 发音简化而来）。

- 表达多数、所有格、第三人称单数动词的 s 一律省略。

- grass 既可表达"草",也可表达"胡须"。

中国 19 世纪上海的洋泾浜英语也是一例,而且混合语之名 pidgin 即是来自英语 business(商业、贸易)之简化发音。

再生语(creole,有人音译为"克里奥耳语")是指混合语使用范围扩大后形成的某些原住民的母语。其功能由贸易扩展至生活各方面,语音、语法、语义也由之前简化的混合语,转而复杂化。此处仅举语法之例,仍以巴布亚新几内亚混合语之演化为例:

- 英语 dogs(狗,复数)变为混合语 dok,再变为再生语 dok dem,以 dem(由英语 them 发音简化而来)表达复数概念。

- 英语 you will go 变为 yu bigo,其演化过程如下:英语 by and by you will go(渐渐地你将会去)演变为混合语 baimbai yu go,简化为 bai yu go,词句前后转换为 yu bai go,语音简化为 yu bigo,达

到再生语型式，产生了原先没有的语法未来式标
志 bi。

creole 的词根与英语 create 同源，有"创新"之义；
语义除了指再生语，也可指欧洲人与亚、非、美原住民
所生混血后代。

混合语和再生语皆为欧洲殖民历史过程中产生之语
言学概念，其实当代主流科学认为人类来自同一源流，
认为全球现存七千多种语言皆由最初之一种衍生、同
化、再衍生而来。由此观之，所有人类语言都可视为某
种再生语，只不过有些长期稳定，有些变化较快；有些
相对强势，有些比较小众。

谈语言对现象的分类

每种语言都根据自己的文化对现象作不同的分类，例如汉语将父母的兄弟区分为"伯""叔""舅"三类，不同的称呼代表义务关系有别，其中"伯""叔"是父系亲属，不同于母系亲属的"舅"，中国文化着重父系亲属，区分更细，年长的"伯"与年幼的"叔"权利、义务也不同。

相较之下，英语将"伯""叔""舅"全部称为uncle，因为在英美文化里这三者的权利、义务关系都一样。

另举一例，汉语人称代名词有三类："你""我""他"。"我"是说话者，"你"是说话的对象，"他"是"你""我"之外的第三者。若加上"们"则形成复数。英语大致相同，但也有差异："你"是you，"我"

是 I，"他"则区分为三类——阴性 she、阳性 he、中性 it；复数"你们"还是 you，"我们"是 we，"他们"是 they；此外，主格、受格也不同。以上一般学过英语的人都知道。

　　下面再看一个差异更大的例子：美国南部、西南部的科曼奇（Comanche）原住民语言，人称代名词虽然也分"你""我""他"三类，但除了单数、复数，还区分出双数，相当于"我俩"，还区分是否包括交谈的对象。科曼奇语"我"的发音接近汉语拼音 ne（略近"呢"），"我俩（但不包括你）"的发音接近汉语拼音 nekue（略近"呢括"），"我俩（我和你）"的发音接近汉语拼音 takue[①]（略近"它括"），"我们（但不包括你）"的发音接近汉语拼音 nene（略近"呢呢"），"我们（包括你）"的发音接近汉语拼音 tane（略近"它呢"）。类似，熟悉闽南语的读者知道的，闽南语的"我们"也区

---

① nekue 和 takue 的 kue 是一个音节，但汉语拼音中没有这个音节，这里用此是为方便不清楚国际音标的读者，kue 的拼读逻辑与一般的拼音类似，其国际音标作 /kwə/。

分是否包括交谈的对象：表示"咱们"的发音接近汉语拼音 lan，表示"我们"的发音接近汉语拼音 gun。

科曼奇语对"他"也有区分：表示"目前看得见的他"的发音接近汉语拼音 ma，表示"目前看不见的他"的发音接近汉语拼音 u。

总之，用不同语言看世界有不同分类，所以有人说多学一种语言，就多了一种新的看世界的方法。

迪尔巴尔语的文化分类

　　澳大利亚东北部迪尔巴尔（Dyirbal）原住民族的语言里，名词分为四类，其中一类包括男人、袋鼠、回力棒、月亮等；另一类包括女人、火、危险物品、太阳等。同一类名词理论上应该相关，但乍看迪尔巴尔语这一分类没什么道理，在此笔者试图推测其可能的关联。

　　男人负责打猎，袋鼠是猎物，回力棒是打猎的工具，因此三者归属同一类。至于月亮则是因为通常与太阳相对，而女人像太阳（下文解释），所以男人与月亮同类。

　　华南底层文化有一概念：女人有强大的力量，对男人有危险。当地甚至有一说法：处女对男人危害最大，所以娶妻要避免娶处女。通俗小说里女子经血可以破坏

法术，也表现了此概念。假定此概念在澳大利亚原住民文化中也有，那就可以解释为何女人与火、危险物品、太阳同类：女人危险，火也危险，太阳像火，理该同归一类。

谈颜色词

颜色词是语言与文化常见的研究课题，因为颜色是跨文化的物理现象，词汇是文化的语言现象，比较不同语言的颜色词有明确的物理依据。

研究显示，任何语言都至少有两种颜色词汇，例如利比里亚的巴萨（Bassa）族，只有 hui 与 ziza 两种颜色词，一般分别译为"黑"和"白"，不过要注意的是，不要因为翻译而误解巴萨人只能看到黑白两色，其实 hui 指的是较黯淡的颜色，ziza 指的是较明亮的颜色。

研究进一步显示，如果有第三种颜色词，那一定指接近红色的颜色。如果有第四、第五种颜色词，那一定指接近绿色和黄色的颜色。

这些基本颜色排序很可能是因为：目前所知所有人类都住在地表，可以看到日夜的变化，所以至少有明、暗两类颜色。假如将来发现有人住在地底，那这些人眼睛可能都已退化，自然也不会有颜色词。人血红色，与生命密切相关，所以排名第三。干湿分明的地区植物在干季偏黄，在湿季偏绿，所以排名第四、第五。

谈沉默

沉默是交谈中的重要现象，在不同文化里也具有不同意义。美国文化不喜沉默，若是交谈时出现几秒沉默，交谈成员会感到不安，不是马上找话讲，就是结束交谈。

反之，美国西南部阿帕契（Apachi）原住民文化强调沉默，原本不相识的两人若初次见面，两三天内不应交谈，否则会被视为轻浮，就有如中国文化里刚认识的人跟你勾肩搭背，叫你小名，你会觉得对方不稳妥。同理，阿帕契文化中两人一旦成为朋友，友情会相当牢固。反之，美国文化中友情来得快去得也快，电话里的推销员也可以直呼你的小名，而一旦利害反转，就翻脸不认人。

因为地处偏乡，阿帕契孩童通常离家住校，假期才

回家。与初见陌生人类似，孩子刚回家时，父母会等几
天才和子女说话，因为"先要观察他们离家后是否变了
个人"。

美国 1980 年代的喜剧演员宋飞（Seinfeld）说过：
"若有人要你帮忙，你可以根据他沉默的久暂推估这个
人情有多大：沉默越久，人情越大。"

总之，沉默也是重要的语言信号。

谈插嘴

每种文化都有关于交谈的规则，而且各自有异，其中一项规则就是正在说话的人停顿多久之后，其他人才能开始说话。如果太快开始，是插嘴，如果太慢，是害羞或不善交际。有研究报道，纽约人说话的速度、接话的速度，都快过美国其他地方。换句话说，相较之下，纽约文化允许人插嘴。

还有一个更极端的例子：南美洲的某种文化可以有两三个人同时说话，大家各说各的，最终，最大声、坚持最久的人才能得到其他人的注意。这就是当地交谈的文化规则，刚去的人则会觉得"怎么都没人听我说话？"

谈避讳与敬语

　　中国文化讲究避讳，这在语言上尤其明显。

　　以发音为例，粤语"舌头"叫"脷"，是因为"舌"粤语发音 /sit/，与"蚀"同音，有"亏损"之义，为了避免同音联想，改称舌头为"脷"，以月（肉）旁加上"利"造出新字，同音联想由"亏损"反为"利益"①。

　　再举一例，"筷子"古汉语叫"箸"，闽南语因为接近古汉语，今日仍称之为"箸"，发音 /ti/。到明代，南北货运依靠大运河，运河上的船靠风帆，最怕船无风停"住"。为避讳，船家将"箸"改称为"快"，加"竹"字头为"筷"，取其反义，船行"快"也。

---

① "脷"，粤语发音 /lei/，取粤语"利"之音。

民间其他例子甚多，如闽南语称萝卜为"菜头"，音近"彩头"，因此过年要吃萝卜糕；楼层常见避开"四"楼，因其音近"死"等。

其他语言文化也有避讳概念，如太平洋波利尼西亚（Polynesia）文化的禁忌（taboo）概念，认为某些人物、地点具有强大能量，一般人触及会受伤。这样的人物包括酋长，地点包括神庙等。

西欧语言第二人称单数的敬语概念与避讳概念相通。英语第二人称 you 原先专指复数，后来取代 thou 成为第二人称单数敬语，一种解释是人多力量大，力量大就值得尊敬。法语第二人称单数敬语 vous 的来源与英语相同。德语第二人称敬语是 Sie，此词也指第三人称单数阴性"她"和第三人称复数"他们"，其敬语来源可解释为，受敬对象不止力量大如众人，而且力量强大不可直接指涉，只能以第三人称称之。西班牙语第二人称单数敬语 usted 源自 vuestra merced（直译"你的慈悲"，类似英语称贵族 your grace "你的优雅"，称法官 your honor "你的尊贵"），不直接指涉人，而指涉其特性。

　　汉语第二人称单数敬语"您"，一说来自"你们"语音简化，此说若确，那与英语、法语相同，是以复数代表力量。汉语"陛下""殿下""阁下"等也是以宫廷阶梯下服侍之人、殿堂下服侍之人、台阁下服侍之人，代替真正对话指涉的对象。

　　总之，避讳与敬语现象相通，各文化都有，是象征地表达趋吉避凶、敬畏对方的意思。

中国人逻辑比西方人差？

　　有一个说法：汉语逻辑比英语差，所以中国人的逻辑比说英语的英国人、美国人（或推广到西方人）差。这种说法有道理吗？

　　要回答这个问题，首先要给所谓"语言逻辑严谨"下一定义，在此我们将其定义为"光凭语言只能做一种解释"。据此，在所有自然语言里，没有任何语言逻辑是百分之百严谨而没有模棱两可的余地。虽然如此，不同语言在不同方面严谨度不同。例如，英语在以下两方面比汉语严谨：

　　其一，汉语中主动被动经常不分，例如："他只是割去了耳朵。"可以解释为"他只是被割去了耳朵"，也可以解释为"他只是割去了（某人的）耳朵"。对比之下，英语语法要求动词以被动"I am called Zhang San."

〔我（被）叫张三。〕或主动"I am calling Zhang San." 〔我（呼）叫张三。〕表达这两种不同的意思。

其二，英语除命令句外，必须有主语表达动作或感受主体，汉语则经常是主语可有可无，例如："看着路边的花，心情自然会好。"译成英语必须根据上下文加上"看"这个动作的主语，有可能是 I，或 we，或 you，或 one，或 he，或 she，或 they，等等。

反之，汉语在以下两方面比英语严谨：

其一，说话者根据自身与听话者的关系，对自己的称呼有多种变化，例如："我、俺、本人、个人、人家、区区、仆、鄙人、小可、在下、末学、不才、晚生、卑职、老子、朕、孤、寡人、老朽"等等。相较之下，英语通常只用"I"一词。

其二，形容动作或行为时，汉语会根据双方关系使用不同词语，例如：地位低的人杀地位高的人是"弑"，反之或双方地位相当是"杀"。又如：天子死是"崩"，贵族死是"薨"，一般人死是"死"。

所以，不同语言、不同文化关注的方面不同，在不同方面的严谨度也不同。

　　退而言之，汉语不分主被动、不用主语，是否代表说话者缺乏这种思考能力呢？显然不是。我们回头再看以上两例，在自然语境中，中国人能否判断"他只是割去了耳朵"是表达主动还是被动？当然可以。同理，在自然语境中，中国人也可以判断"看着路边的花，心情自然会好"的主语。逻辑思考是一种整体现象，语言只是其中一部分。

　　进一步说，研究显示：语言确实会引导人注意陈述的内容，所以英语会引导人注意主被动关系，汉语会引导人注意人际关系，但说英语的人也明白人际关系，说汉语的人也明白主被动的差别。

　　总之，从语言上看，"中国人逻辑比西方人差"不成立。再深入思考的话，这个问题之所以会出现，是因为西方近两百年来的整体实力影响了中国人的自信，当中国实力赶上西方，这个问题自然会消失。

电脑说话

随着人工智能的发展，电脑的语言能力可以逐渐接近人类，只要输入某语言的语法规则和词汇，电脑就能正确地"说"出该语言的句子。可是，真正测试电脑语言能力的是电脑能否正常地和人对话。这就牵涉文化知识，因为语言表达的是文化知识。

有报道说科学家通过两种方式让电脑学习文化：其一是尽量将文化规则输入电脑，例如，早上看到熟人要说"早安"，听到笑话要笑等。其二是让电脑自我探索、自主学习。但这两种方式都尚未成功，因为文化规则是无限的，而且不断在变化。连人类都经常说错话、会错意，就算电脑成功地学会模仿人类说话，这种成功也必然包括像人一样犯错。

此外，笛卡儿（René Descartes）说过："我思故我

在。"假如电脑学会说话（等同于会跟人一样思考），那
到时电脑是否应该拥有跟人一样的法律地位？相较于
人，电脑有近于无限的记忆、不易毁坏的硬体，是否会
在演化上取代人类？这些也是教电脑说话时要考虑的
问题。

语 用 与 其 他

名称重要吗？

莎士比亚名著《罗密欧与朱丽叶》里，朱丽叶发现罗密欧是仇家子弟后，有一段独白：

"罗密欧，为何你是罗密欧？拒认你父亲，放弃你姓名。要不，只要你发誓说爱我，我就放弃卡普列的姓氏。……你的姓名才是我的敌人。你就是你，你不是蒙塔古。蒙塔古是什么？非手、非脚、非臂、非脸，也不是人身上任何部位。你取别的姓吧！姓名算什么呢？我们称为玫瑰的，换称呼也一样香。同样的，罗密欧如果换了名字也一样会那么完美。罗密欧！换掉你名字吧！放弃无关痛痒的名字，我就把身心全交给你。"

（O Romeo, Romeo! Wherefore art thou Romeo?
Deny thy father and refuse thy name; Or, if thou wilt not, be
but sworn my love, and I'll no longer be a Capulet. ... 'Tis
but thy name that is my enemy; Thou art thyself, though not
a Montague. What's Montague? It is nor hand, nor foot, nor
arm, nor face, nor any other part belonging to a man. O, be
some other name! What's in a name? That which we call
a rose by any other name would smell as sweet; so Romeo
would, were he not Romeo call'd, retain that dear perfection
which he owes without that title. Romeo, doff thy name,
and for that name which is no part of thee take all myself. ）

　　这段话经常被引用来表达名称不等于实质，不过，在此大家可以做一个实验：拿一朵玫瑰送人，同时说"送你一朵大便"，感觉如何？其实名称以及其他语言现象与脑神经有密切关联。这种关联通过一段时间的训练可以改变，但若未经此过程，名称与实质在大脑中是有关的。所以，名称有一定的意义。

语言学的实用

英国哲学家保罗·格莱斯（Paul Grice）1960 年代提出语言的合作原则（cooperative principle），就是说，一般情况下人们交谈时都秉持善意合作的态度，其中包含四个要点：

- 内容长短适中；

- 信息正确；

- 内容不离题；

- 表达清晰。

能够把握这四点的人，我们称之为"会说话"。

我们也可以利用这四点来反向操作。假设你的恋人问你："你到底爱不爱我？"而你难以回答时，若使用第一点"内容长短"，就可以回答："谈到爱情，古希腊哲学家认为……"然后滔滔不绝说到对方睡着为止。

　　若使用第二点"信息正确"，你可以回答："那还用问吗？我当然爱你！"

　　若使用第三点"内容不离题"，你可以回答："哎，昨晚我打电话给你，怎么一直没接？"

　　若使用第四点"表达清晰"，你可以嘟哝着发出一串模糊的声音，含混带过。

　　由此可见，语言学是一门非常实用的学问。

高明的话术

有一个广告：

"健康"牌的汤料盐分要少一半。

这是利用话语误导人，没有说明比什么少·半，商业广告常用。

再看一个笑话：

两人开车迷了路，看到路边有个乡下人，就停车问道："请问我们在哪儿？"乡下人回说："你们在车里。"

这个回答既没说谎，也没提供任何新信息，是政客常用的手段。

嫁祸于人

有一种说话方式可以于无形中用一句话嫁祸于人，例如：

- 别人没欠你钱，你却在众人面前问他："你欠我的一百万究竟什么时候还？"

- 别人夫妻恩爱，你却在众人面前问他："哎，你现在还打老婆吗？"

- 别人身心健康，你却在众人面前问他："哎，你现在还在吃治精神病的药吗？"

这样说话让对方一时难以辩解，因为人跟人沟通一般都假设双方是从善意出发，不会存心欺骗，而且这些"嫁祸"都隐藏在以上三个问句的前提里，而非明摆在句子里：

- 第一例的前提是"你欠我一百万"。

- 第二例的前提是"你曾经打老婆"。

- 第三例的前提是"你有精神病，而且曾经为此吃药"。

根据善意沟通的假设，旁人一开始会接受这些前提，直到你证明对方在恶意沟通。

不好意思

还是一个笑话:

阿呆给领导送红包时，二人的对话颇有意思。

领导:"你这是什么意思?"

阿呆:"没什么意思，意思意思。"

领导:"你这就不够意思了。"

阿呆:"小意思，小意思。"

领导:"你这人真有意思。"

阿呆:"其实也没有别的意思。"

领导:"那我就不好意思了。"

阿呆:"是我不好意思。"

这个笑话凸显了"不好意思"复杂的语意。如果留心观察，我们会发现"不好意思"可以用于众多不同的语境。那么"不好意思"究竟是何意呢？

其实"不好意思"最初就是其字面之义："不好"是"不容易"，"意思"是"表达"，合起来就是"难以表达"，在任何语境中，其传递的信息都是"在这个情况下，我不知道该如何表达"，所以适用于多种情况。

"不好意思"有一个同义词"难为情"，其字面之义也是"难以表达"，不过适用范围不及"不好意思"。

像"不好意思"这种不是讨论人、事、物，而是讨论语言本身（"我不知道该如何表达"）的词，还有"长话短说""话不是这么说""话说在前头"等，各种语言都有，越是常运用间接、委婉表达的文化，此类词语越多。

成功的广告

来看一个笑话：

　　几个七八岁的小男孩决定凑钱买玩具，七凑八
凑之下凑了四百元。

　　"四百元可以买什么呢？"其中一个问道。

　　"我想我们可以去买卫生巾。"另一个回答。

　　"卫生巾有什么好？"大伙儿一齐问他。

　　"我也不太清楚，不过电视上说有了它，就
可以爬山、滑水、打球、溜冰，自由快乐没
烦恼。"

　　你说这个广告成功吗？我认为很成功。好的广告激
发人购买的欲望，而欲望是来自文化设定的想象。假如

你的文化告诉你爬山、滑水、打球、溜冰，还有自由快乐是好事，广告再将产品与此搭上关系，这就是好广告。可见，好广告要充分利用文化假设。

想太多了

有一个笑话：

　　一名年轻人和一名老人坐在同一列火车上。年轻人问老人："先生，请问现在几点了？"老人默不作声。

　　"对不起！先生，请问现在几点了？"老人还是不答。

　　"先生，很抱歉打扰您了！但是我真的想要知道现在是几点钟。您为什么不回答我呢？"

　　老人终于开口："孩子，如果我现在回答你，依照我们的传统，我就必须邀请你到我家坐。你长得很英俊，而我有一个很漂亮的女儿。你们俩一定会爱上对方，然后你就会把我的女儿娶走。你告诉我，我为什么要一个连手表都买不起的女婿呢？"

语言体现文化，而每种文化对不同的场景、不同的人物，都有不同的假设，我们依据这些假设来说话、行动。例如，中国文化有"听戏"的概念，如果我们去听戏，我们会预先买票，进入剧场，等待唱戏的人上台、表演，之后散场。再如，很多文化都有"看牙医"的概念，如果我们去看牙医，我们会预先打电话约诊，到牙医诊所，等待护士召唤，让牙医看病，付款，等等。

这些文化假设内容有大致的范围，不能太多，也不能太少，少了别人会觉得"这个人怎么连这个都不懂？"多了别人也会觉得奇怪。以上笑话，笑点就在老人做了过多假设，想太多了。

谈礼貌

　　前文谈 police 与 politeness 时提到对"礼貌"的两种解释："城市初兴时陌生人相处的新行为规范"和"依循尊卑秩序表达言行"。此处再讨论另外两种解释：一是"维护别人的面子"，另一是"地位高的人假装与地位低的人地位相等"。

　　先说第一种。中国文化里很强调"面子"的概念，所谓"面子"，就是某人希望在众人面前呈现的面貌。例如，某人明明小气，却希望众人觉得他大方，这就是他的"面子"。那我们明知他小气，却称赞他大方，这就是给他"面子"。对礼貌的解释之一，就是维护别人的"面子"。

　　再说第二种。例如，某上司想要属下帮他拿一个东西，他不用命令句，而用问句："你能不能帮我把那个拿过来?"这让属下有机会决定如何回答。一般而言,属下会照做,但也可以选择回说:"抱歉,我早上伤到手,不方便拿。"如果上司用了命令语气,属下就比较难拒绝。这种礼貌不适用于地位关系必须绝对清楚的团体,例如军队。军队的礼貌正相反,是必须清楚表达上下级关系,所以上司和下属见面往往都要敬礼。

以面试为例谈特定语境

每种文化都有特定语境，就是文化规范的语言场合，在任一特定语境里，谁可以说话、发言次序、言谈内容等都有规则。通过文化传播，有些特定语境，很多文化都有，例如演讲、上课、开会等。有些则只见于单一或少数文化，例如中国民间道教的"童乩附身"、美国基督教会的礼拜等。

在此以现代社会求职面试为例，探讨其中的文化规则。面试主考官常问的问题包括自我介绍、自我评价等。笔者曾于课堂上演练面试，让学生自我介绍，其中一位学生的自我介绍内容大致是"我很懒惰，常迟到，也不善于交际"。除非这份工作找的是极端诚实的人，或者求职者父母是公司老板，否则此人获聘的机会不大，因为一般面试主要考察的并非求职者是否诚实。主考官通常也明白求职者都有各自的缺点，并不预期求职者是完人。面试主要考察的是求职者的能力，如果求职者上班时能扮演好职员的角色，那他下班后是否邋遢无关紧要。

既然考的是能力，那求职者就要尽量"入戏"：平常穿着随便的人要穿戴整齐，平时说话口齿不清的人要咬字清晰，平常害羞的人要显得自信。美国有句成语"fake it till you make it."，意为"始假戏，终成真"，颇能传递这种想法。当然，如果你本来就整洁、会说话、大方，那面试时就无须扮演，这是最理想的状况。明白了面试这种特定语境的规则，就不会有是否该"诚实为上"的心理矛盾了。

依据特定语境的规则行事，也可以算是"见人说人话，见鬼说鬼话"吧。

语言与社会地位

　　目前主流理论认为人类是单一起源，若然，那么语言可能也是单一起源，就是说所有的语言都是从最早的语言演化而成，到今日，世界上有七千多种语言。从表达功能来说，现存所有语言不分轩轾，就算亚马孙森林某原始部落的语言，只要有需求，就可以快速发展出适应现代社会的所有词汇和语义。但就语言对社会的影响辐射而言，每种语言都是不同的。英语目前是公认影响力最人的，汉语影响力在提升，而多数原始部落的语言几乎无影响力。这里，我们简单地把某种语言对社会文化的影响辐射称为语言的社会地位。

　　那是什么因素决定了语言的社会地位呢？是以这种语言为母语的族群的政治、经济、军事、文化各方面的综合实力。在一国之内，也可能有多种语言和多种方言，其中一种定位为标准语，地位最高，是行政、新闻、教育所用的语言。标准语通常以首都地区的方言为基础，但也有例外，例如意大利国语就不是罗马方言，而是佛罗伦萨-锡耶纳（Siena）地区的方言，因为此地是欧洲近代文学之祖但丁（Dante Alighieri）的家乡，是他用以著作《神曲》的语言。

意大利、法国、西班牙等欧陆国家都设有语文学院，规范本国标准语的语音、语法、语义。这是因为欧洲文化很早就有一个概念：钱币是经济的通货，而语言是思想的通货，既然钱币必须由政府铸造，不可私铸，那么语言也必须由政府管控，不可任由民间"私铸"。英、美等非欧陆国家则不明文规定，而是通过媒体和意见领袖来影响、规范标准语。

我们听到某人说的话语及所带的口音，会下意识地将其社会地位、出生地、族群背景、教育背景、政治认同等归类。近代民族国家概念兴起后，标准语成了国族认同的主要因素之一，口音标记社会地位和身份的作用更为强化。

以口音形成对人的认知是一种"刻板印象"，是演化发展出的快速认知途径，这种快速认知固然有其一定的历史因素和功能，但至少有两个缺点：一是如今社会变化快速，刻板印象可能已经不适用；二是即使适用，符合刻板印象的群体，也只有部分而非全体。

总之，语言除了最主要的沟通功能之外，另一重要功能是表达地位、身份。

语言与身份

　　笔者 1988 年在湖南省江永县上江圩乡研究女书时，发现一个有趣的现象：人称代名词变化多。

　　语言学有一基本规律：发音会随着时间改变，但最常用的词汇改变最慢。最常用的词汇一般包括：人体部位（手、脚、口、耳等）、自然环境（山、河、树、花等）、人际关系（你、我、他、父、母、子、女等）。上江圩乡有众多自然村，村与村之间步行路程十分钟到一个小时不等，距离不远。照理说，这些村落间人际关系词应该相同，但当地的湘南土话人称代名词却变化繁多，例如"我"就有五种不同说法：其一发音接近普通话"翁"，其二发音接近普通话"耶"，其三发音接近普通话"自"，其四发音接近普通话"恩"，其五发音接近普通话"伏"。

　　对此现象的一种解释是：当地是传统农业社会，最重要的生存资源是种植稻米、蔬菜的土地和灌溉的水。为了争山争水，村落间常有械斗，彼此界限分明。语言除了沟通，另一重要功能是表达身份，既然不同村落界限分明，那在人称代名词上做出区分就顺理成章了，一听就知道对方是"自己人"，还是"他人"。

　　上江圩乡土地的重要还体现在另一方面。当地村落大部分是一姓村，每个村落都有一本族谱，族谱内容主要就是记录两件事：人口、土地。每到清明节，族长都要在族谱上登记过去一年新生的男性人口，族谱里本村的山水界线也画得清清楚楚。人多、地多，代表村落宗族的力量大，人少的村落会逐渐被吞并。族谱记录了生存最重要的资源。

语言与阶级

中产阶级是个有趣的现象。从演化来看，人类早期的采猎社会没有阶级分化，约一万年前农业革命之后，财富开始累积，出现少数人的上层阶级（贵族）与多数人的下层阶级（平民）。到近代殖民主义与工业革命之后，西方财富迅速累积，部分下层阶级地位开始上升，形成了介于上层阶级与下层阶级之间的中产阶级。还有一说认为中国宋朝因商业兴盛，也出现过中产阶级。

关于中产阶级的定义标准，有人用收入多少，有人用教育程度，在此笔者以阶级流动为标准，就是当上层阶级与下层阶级之间出现大量稳定的流动时，这个中间流动的阶层就是中产阶级。

中产阶级表现在语言上的特点，是模仿上层阶级的语言，有时甚至矫枉过正，例如：美国下层英语常将语尾 r 音省略（将 car 念成类似汉语拼音的 kɑ），但在身份敏感的场合，会主动矫正发音，发出语尾的 r。对此现象的解释就是，中产阶级的目标是进入上层阶级，其行为、语言会模仿上层阶级。此现象在中产阶级女性中尤其明显，因为从演化来看，男性倾向以竞争生存，女性倾向以融入优胜者生存，而就社会结构来说，上层阶级就是优胜者。

相对于中产阶级，下层阶级进入上层的机会不大，因此生存策略是在下层阶级内部寻求认同，这在语言上表现为突出下层阶级语言的独特性。上层阶级虽然也有语言特点，但地位稳固，无须靠语言来争取地位，因此相对不需要强调其语言特性。

所以，在社会分化上，上层阶级无须强调其语言特性，中产阶级模仿上层阶级语言，下层阶级强调自身语言特性。

语言与性别

男女的差异来自演化，在此笔者有一基本假设：男性倾向以竞争求生存，女性倾向融入。此外，人类曾经有一百多万年的时间生活于采猎社会，男人主要负责打猎，打猎常是单独活动，技术性强；女人主要负责采摘蔬果，采摘是群体活动。这些差异体现在语言上，男性语言倾向竞争，倾向技术层面，女性语言倾向维持人际关系。不过，这是整体差异，个别男女会有不同。

女性语言因为倾向维持人际关系，会较有礼貌，发音较清晰，语气比较委婉，听人说话时会以"嗯"回应，表示在倾听；但男性会以为这种回应是在表示同意。在第一次海湾战争时，伊拉克侵占了科威特，美国随即出兵伊拉克，当时美国媒体讨论为何萨达姆（Saddam Hussein）误判美国的反应，其中一说认为时任美国驻伊拉克大使是位女性，萨达姆询问她美国是否同意他攻打科威特，她的倾听回应被萨达姆误解为同意。

美国洛杉矶附近的方言有个特点：青少年、女性陈述事情时，语调会上扬。语调上扬在所有人类语言里都是表达疑问。有一位美国语言学家对此提出一假设：青少年、女性社会地位都较低，因此陈述时用疑问语调表达，以寻求听众的回应与肯定。台湾过去四十年来，年轻人说话常在句尾加上一个"对"，或许可以解释为对自己的回应与肯定。不过，对此现象有另一假设：台湾闽南话句尾常会加上一个"对"，台湾语言长期与闽南话共处，吸收了闽南话的这个特点。

某些语言男女差异显著，其中包括美国中西部的格罗文特（Gros Ventre）原住民，据说某高大白人男性人类学家跟随格罗文特某女性学习该族语言（因为女性发音清晰），学成后信心满满当众发言，不料听众捧腹大笑，因为他使用了女性语言，这有如某高大男性开口说"人家不要嘛"，因为以"人家"自称一般是汉语女性语言的特点。

　　由于演化，男性身高普遍高于女性，男性声带因此长于女性，音域较女性为低。父权社会的男性地位高于女性，故低音通常代表地位较高。据说第二次世界大战美国名将巴顿（George Smith Patton）声音尖细，令初次见面者感到意外，因其声音与地位不符。

　　依照马克思的理论，经济基础决定社会结构与意识形态。据此，要提升女性地位，必须提升其经济地位，但美国文化相信意识形态可以改变社会结构，因此美国女权主义者提倡通过语言（语言是意识形态的表达）提升女性地位，因而出现种种词汇改革，例如：policeman（警察）改为 police officer 以避免 man（男性）一词；在不知性别的情况下，第三人称单数代名词 he 改为 he/she 或 they 以避免男性的 he；chairman（主席）改为 chairperson 以避免 man 等。

　　语言表达文化，性别是文化重要因素，只要人类仍有两性差异，两性语言必然不同。关于男女平权，笔者同意马克思的看法，应从经济入手，再济之以法律。

语言与文化

　　语言表达的是文化概念，通过对语言的分析，可以增进对文化的了解。以英语为例，patient 有两种意思：一是名词"病人"，二是形容词"忍耐"。这两者来自同一文化概念：病人需要忍耐病痛。乍看这是人类共通的概念，但若再考虑另一同源词 passion（热情，从发音可以听出与 patient 之关联），就能看出与中国文化的差异，这牵涉西方文化的重要来源希腊文化中的一个概念：强烈的情绪是因神祇附身，会使人痛苦。了解了这个概念，我们就可以明白西方文化的一些现象，例如法国文化中的"疯狂的爱情"（l'amour fou），法国电影对爱情的描述经常与此有关。相较之下，中国文化对爱情就不注重这点。还有，西方法律对酒醉驾车肇事处罚甚轻，就是因为认为酒醉者被酒神附身，不能为自己的行为负责。

再举一例，英语 president（总统、总裁）词根的意思是"坐在前面的"，另一词 chair（主席）强调的也是这点，两者字面不同，但表达的文化概念是一样的：领袖是坐在前面的人。

对同样的现象，不同的文化常有不同的解读。例如汉语的"热闹"带有正面含义，但西方文化强调人的独立，强调人与人之间的距离，因此照字面翻译出来的 hot noisy 偏向负面含义。反之，solitude（孤单）在英语里是正面或中立的含义，但在汉语里有负面的含义。

关于语言与文化，有一个著名的案例。一位美国人类学家在 1950 年代去西非提夫（Tiv）族群做研究，闲暇时跟当地人讲述莎士比亚剧本《哈姆雷特》的故事，情节大致如下：

> 丹麦王子哈姆雷特父王去世，叔叔继位，还娶了嫂嫂。亡父显灵，说自己被弟弟害死，要儿子报仇。哈姆雷特为避嫌装疯卖傻，叔叔叫大臣波洛涅

斯去皇后寝宫躲帐后看哈姆雷特是否真疯。哈姆雷特见帐帷晃动，以为是叔叔，大叫"有老鼠"，一剑刺出，波洛涅斯被刺死。哈姆雷特女友奥菲利娅是波洛涅斯的女儿，伤心投河。奥菲利娅哥哥雷欧提斯原在法国留学，因为嬉游度日被波洛涅斯叫回国。在奥菲利娅葬礼上哈姆雷特与雷欧提斯发生冲突，雷欧提斯为报父仇妹仇与哈姆雷特决斗，两人皆亡。皇后喝了国王准备给哈姆雷特的毒酒而亡。哈姆雷特死前杀死了叔叔。

提夫长老们听了故事却做出完全不同的解读：

新王虽然害死了老王，但弟弟娶嫂嫂是应该的，否则嫂嫂无以为生。灵魂不存在，所以老王显灵是老王的巫师朋友做法告知哈姆雷特报仇。波洛涅斯被杀是咎由自取，因为非洲丛林里猎人看到风吹草动都会大叫"有猎物"，草丛里若是人就要大声回应"是我！"，以免被误杀。哈姆雷特发疯是

真，因为只有疯子才会谋害长辈，而哈姆雷特发疯是因为叔叔做蛊。雷欧提斯因为欠债，做蛊害死妹妹，打算将她的尸体卖给巫师筹钱。哈姆雷特作为太子不愿雷欧提斯致富成为政治对手，才与雷欧提斯发生冲突。国王的毒酒也是预备万一雷欧提斯决斗胜出给雷欧提斯喝的，因为敢于做蛊害死自己妹妹的巫师法力强大，必须除去。

对同一现象，两种文化可以做出不同的但都合乎自己文化规则的解读，其中当然涉及语言与文化的关系。总而言之，语言表达文化，可能表面上语言类似，但背后的文化概念却相差甚远。

语言与文学

中国近代教育系统全盘袭用欧洲中世纪由教会发展而来的体系，其中语言与文学通常并为一系，例如英文系全名为"英美语言与文学系"（Department of English Language and Literature）。但就学术而言，语言学与文学研究在 20 世纪已区分为两大领域，那为何两者尚未分家？

原因是语言与文学关系极为密切。文学有诸多定义，其中之一就是"语言的游戏"，这在诗中尤其明显。例如，英语词有轻重音之分，因此近代英文诗以句子的轻重音与尾韵（rhyme）为特色，一个轻重音单位称为一步（包含二或三个音节），一句可能有五步（pentameter）、六步（hexameter）、七步（heptameter）等。若一步两音节，前轻后重为抑扬格（iamb），前重后轻为扬抑格

（trochee），前后皆重为扬扬格（spondee）；一步三音节，前重后轻轻为扬抑抑格（dactyl），前轻轻后重为抑抑扬格（anapaest）等。

以莎士比亚商籁（sonnet，或称十四行诗）为例，惯用五步抑扬格（iambic pentameter）：

- ／ - ／ - ／ - ／ - ／

So long as men can breathe or eyes can see，

- ／ - ／ - ／ - ／ - ／

So long lives this，and this gives life to thee.

（但使人间一息一念尚留

此诗将让你在世间不朽）

小横线为轻音，斜线为重音，每句五步，每步一轻一重。

相较之下，拉丁语不强调轻重音，而强调音节长短，而且语尾变化多，词序可随意转换，以致尾韵不凸显，所以诗句的步以音节长短区分，不用尾韵。这些特点导致拉丁语的抑扬格为前短后长，扬抑格为前长后短，扬扬格为长长，扬抑抑格为前长后短短，抑抑扬格为前短短后长。

以罗马帝国开国诗人维吉尔（Publius Vergilius Maro）史诗《埃涅阿斯纪》（*Aeneis*）首句为例：

Arma virumque cano，Troiae qui primus ab oris

Armă vĭ | rumquĕ că | nō, Troi | ae quī | prīmŭs ăb | ōrīs

（为战争与勇士我歌颂，从特洛伊海口他们最初……）

整句是六步，将拉丁语诗句以直线分隔。第一、二步为扬抑抑格，第三、四步是扬扬格，第五步是扬抑抑格，第六步是扬扬格。①

再来看汉语，汉语的特色是词汇大多为单音节，还有声调之分，所以传统诗句字数固定（五言、七言），平仄对应。

常言道诗无法翻译，就是因为诗的趣味大半在语言本身的特性里，语意可以翻译，但原文语言的特性必然流失。

---

① 国际音标中ˇ表示短音符号，上文分隔的诗句中，Armă vĭ 为长短短的诗步，故为扬抑抑格。

图书在版编目（CIP）数据

钢琴名称的由来及其他：语言与文化随笔 / 姜葳著.
—— 上海：上海教育出版社，2023.9
ISBN 978-7-5720-2072-8

Ⅰ.①钢… Ⅱ.①姜… Ⅲ.①随笔－作品集－中国－
当代 Ⅳ.①I267.1

中国国家版本馆CIP数据核字(2023)第174374号

责任编辑　殷　可　徐川山
封面设计　陆　弦
插　　画　于继宾

钢琴名称的由来及其他：语言与文化随笔
姜　葳　著

出版发行　**上海教育出版社有限公司**
官　　网　www.seph.com.cn
地　　址　上海市闵行区号景路159弄C座
邮　　编　201101
印　　刷　上海叶大印务发展有限公司
开　　本　787×1092　1/32　印张 5.625
字　　数　78 千字
版　　次　2023年9月第1版
印　　次　2023年9月第1次印刷
书　　号　ISBN 978-7-5720-2072-8/H·0066
定　　价　49.00 元